WITZIGES WISSEN

FASZINIERENDE FAKTEN FÜR TEENAGER

GENIALE GESCHICHTEN

LEONA
JACOBS

WEGWEISER

ZUM STAUNEN UND LACHEN

VORGESCHMACK

JETZT GEHT'S LOS

Du bist hier und das ist wunderbar, denn genau in diesem Moment beginnt die Reise durch eine faszinierende Welt. Du erlebst witzige Fakten, unglaubliche Phänomene und geheimnisvolle Wahrheiten. Dieses Buch zieht dich in den Bann, bringt dich zum Staunen und lässt dich die Zeit vergessen.

Du erfährst außergewöhnliche Dinge, die deine Augen zum Leuchten und deinen Mund zum Lachen bringen. Ganz gleich, ob du dir ein paar Fakten herausfischst oder alles in einem Rutsch liest – die Lesereise hinterlässt unvergessliche Spuren in deinen Erinnerungen. Bereit? Sobald du umblätterst, beginnt das atemberaubende Abenteuer. Es ist Zeit für Action – auf geht's.

MUSIK & KÜNSTLER

VON HIP HOP BIS ROCK

Eminem, seine Tochter und Oscar

Viele Künstler brauchen etwas Zeit und Muße, um Top-Songs zu kreieren. Für Eminem gilt das nicht, zumindest nicht für das Entstehen des Songs „The Real Slim Shady“. Erst 3 Stunden vor Abgabetermin nahm er den Track auf, mixte ihn und reichte den Song ein. Die Strategie ging auf, denn der Erfolg von „The Real Slim Shady“ ließ nicht lange auf sich warten. „Loose Yourself“ von Eminem war der erste Rap-Song, für den er einen Oscar erhielt. Jedoch war er zur Preisverleihung nicht anwesend, da er sich keinerlei Chancen für einen Oscar einräumte. Stattdessen sah er sich mit seiner Tochter Cartoons an. Vielleicht war die gemeinsame Familienzeit auch das schönere Erlebnis als die Oscar-Verleihung.

Was rollende Steine mit schönen Liedern verbindet

Das etablierte US-amerikanische Musikmagazin „Rolling Stone" kürte die besten Songs aller Zeiten. Auf Platz 3 wählten die Juroren „Imagine" von John Lennon. „Satisfaction" von The Rolling Stones belegt Platz 2 und als erstplatzierter Song geht „Like a Rolling Stone" von Bob Dylan hervor. Du kennst keinen der Songs? Dank Spotify, YouTube & Co. kannst du reinhören und selbst entscheiden, ob du die Lieder für die besten Songs hältst.

Der kürzeste Rocksong der Welt

„You Suffer" von Napalm Death ist das kürzeste Rocklied weltweit. Es dauert gerade einmal 1,316 Sekunden. Der Text umfasst folgende Worte: „You suffer, but why?". Das Lied hat es ins Guinnessbuch der Rekorde geschafft und wird als das kürzeste je aufgenommene Musikstück geführt. Bei einigen Konzerten wünschten sich die Zuschauer immer wieder diesen Song, sodass Napalm Death das Lied bis zu 50-mal nacheinander spielte. Manchmal liegt das Besondere eben in den einfachen Dingen.

Das Land mit den meisten Heavy Metal-Bands

In Finnland musizieren die meisten Heavy Metal-Bands pro Kopf als in jedem anderen Land. Es kommen 53 Bands auf 100.000 Einwohner, sodass Finnland in Europa damit ganz klar die Nase vorne hat. Zu den bekanntesten finnischen Heavy Metal-Bands zählen zum Beispiel HIM, Nightwish, Apocalyptica, Lordi und Amophis. Zum Glück leben in Finnland keine Termiten, denn Forscher fanden heraus, dass diese Tiere doppelt so schnell Holz fressen, wenn sie Heavy Metal hören.

Das längste Klavierstück

„Vexations" von Erik Satie ist das längste Klavierstück, das jemals komponiert und gespielt wurde. Das Lied besteht aus einer 180-Noten-Komposition, die auf Wunsch des Komponisten 840-mal wiederholt wird. Damit dauert die gesamte Aufführung 18 Stunden und 40 Minuten. Im September 1963 fand die erste öffentliche Aufführung im Pocket Theatre in New York City statt. Während des Konzerts wechselten sich 10 Pianisten ab, um Ermüdungserscheinungen und Fehler zu umgehen.

Wie wichtig das Umfeld ist

Der Star-Violinist Joshua Bell startete im Jahr 2007 ein Experiment. Der berühmte Musiker stellte sich in Alltagskleidung und mit seiner kostbaren Stradivari-Violine in eine U-Bahn-Station in Washington. 40 Minuten spielte Joshua Bell Werke von Mozart, Johann Sebastian Bach und Franz Schubert. Von mehr als 1.000 vorbeigehenden Personen blieben gerade einmal 7 Leute stehen. Insgesamt landeten 32,17 Dollar in seinem Hut. Am gleichen Abend spielte der Star-Musiker ein Konzert in einer ausverkauften Location, für das die Gäste mehr als 100 Dollar pro Karte zahlten. Dieser Test zeigte eindeutig, wie wichtig die passende Umgebung sowie das richtige Timing für Erfolg ist.

Gitarren mit Saiten aus Dünndarm

Für akustische spanische Gitarren wurden ursprünglich Saiten hergestellt, die aus Dünndarm von Schafen bestanden. Das änderte sich während des Zweiten Weltkrieges, da der Darm für die Produktion von chirurgischen Fäden verarbeitet wurde. Mit den Darmfäden konnten verwundete Soldaten versorgt werden. Infolgedessen griffen Gitarrenbauer zu Nylon, um stabile und wohlklingende Saiten anzufertigen.

Mozart – direkt und unverblümt

Mozart war ein Genie und er nutzte sein Talent, um musikalische Wunderwerke zu erschaffen. Er steckte viel Enthusiasmus und Energie in seine Leidenschaft. Im Alltag war es ihm nicht wichtig, diplomatisch und wertschätzend zu kommunizieren. In einem seiner Briefe von 1783 drückte er sich folgendermaßen aus: „Ich hoffe nicht, dass es nötig ist zu sagen, dass mir an Salzburg sehr wenig und am Erzbischof gar nichts gelegen ist und ich auf beides scheiße."

Franz Liszt, der listige Lockenkopf

Der ungarische Musiker erlangte nicht nur durch seine Musik viel Ruhm, sondern viele Menschen bewunderten seine Locken. Er erhielt so viele Anfragen zu seinem Haar, dass er sich einen Hund mit wuscheligem Fell kaufte. Liszt ließ von seinem Vierbeiner regelmäßig Fell abschneiden, um die Löckchen an die Verehrer zu senden.

Musik erhöht die Ausdauer

Britische Sportwissenschaftler kamen zum Ergebnis, dass bestimmte Songs das Durchhaltevermögen beim Sport erhöhen. Für die Studie hörten Probanden beim Joggen Songs mit einem Rhythmus von 120 bis 140 bpm (beats per minute). Sobald die Testpersonen synchron zu den Beats liefen, brachten sie bis zu 15 Prozent mehr Leistung. Des Weiteren nahmen die Teilnehmer körperliche Anstrengungen mit Musik weniger wahr.

Lernfreude mit Hip-Hop-Beats

Das Hören von Hip-Hop kann dazu beitragen, dass Menschen schneller lernen. Hip-Hop-Songs können die Auffassungsgabe erhöhen, sodass sich Schüler Sätze und Wörter schneller einprägen. Wenn es sich um Lieblingsmusik handelt, zeigt sich dieser Lerneffekt besonders stark.

Hip-Hop, eine Wissenschaft

Es gibt tatsächlich eine eigene Wissenschaft für Hip-Hop, die sogenannte Hip-Hop-Psychologie. Dieser Bereich setzt sich mit dem Einfluss von Hip-Hop-Musik auf das Verhalten und die Psyche des Menschen auseinander. Die Wissenschaftler untersuchen Themen wie mentale Gesundheit, soziale Gerechtigkeit, Identität und Gemeinschaft im Zusammenhang mit der Hip-Hop-Kultur.

Willkommen Musik – Tschüss Schmerz

Beim Lauschen von Musik, die man mag, erhöht sich nachweislich die Schmerzschwelle. Forscher gingen der Sache auf den Grund und wurden fündig. Verschiedene Studienergebnisse belegen schmerzlindernde Effekte. Patienten, die angenehme Klänge hörten, während ein medizinischer Eingriff erfolgte, empfanden weniger Schmerz als Menschen, die keine Musik lauschten.

Deutsche Musikerin mit Welterfolg

Helene Fischer hat etwas erreicht, was noch keine deutsche Musikerin vor ihr geschafft hat. 2018 landete ihr Name auf der renommierten Forbes-Liste als eine der bestverdienenden Musikerinnen weltweit. Ihre Musik bescherte ihr einen enormen finanziellen Erfolg, sodass sie auf der Forbes-Liste noch vor Celine Dion und Britney Spears platziert war.

Ziemlich musikalisch unterwegs

Jedes Jahr steigt die Anzahl der Jugendlichen, die Musik machen. Aktuell musizieren rund 25 Prozent mehrmals wöchentlich. Hierbei zählen das Singen sowie Spielen eines Instruments. Besonders das gemeinsame Musizieren in einer Band, im Chor oder in anderen Gruppen bereitet Jugendlichen viel Freude. Außerdem stärkt das gemeinsame Interesse die zwischenmenschliche Bindung und die gegenseitige Wertschätzung.

Ed Sheeran – von kleinen Gitarren und selbstgeschnittenen Haaren

Viele Fans finden nicht nur sein künstlerisches Talent spitzenmäßig, sondern lieben seinen sympathischen Charme. Jetzt folgen spannende Fakten über den Musiker, die du vielleicht noch nicht kennst. Seine Gitarren sind etwas kleiner gebaut, damit diese am 1,70 Meter großen Ed nicht komisch aussehen. Alle Gitarren haben Namen: Nigel, Lloyd, Cyril und Felix. Neben seiner Musik liebt Ed Sheeran Lego über alles. Er kaufte sich den Star Wars-Todesstern von Lego, nachdem sein Album Platz 1 erreicht hatte. Ed sieht alle seine Lieder in Farben. Der Song „You need me I don't need you" strahlt für ihn in Aubergine. Bis 2014 ließ er niemanden an seine Frisur, sondern schnitt sich die Haare selbst.

Harry Styles – eine herzliche Investition

In Los Angeles kaufte der Musiker Pizzen im Wert von rund 3.000 Dollar. Das Essen lieferte er aus und fuhr quer durch die Stadt, um Pizzastücke an Obdachlose zu verschenken. Neben Harry Styles gibt es zahlreiche weitere Prominente, die Gutes tun und mit ihren finanziellen Möglichkeiten sowie großem Herz andere unterstützen.

Das millionenschwere Weihnachtslied

Die meisten Menschen kennen den Song, denn jedes Jahr zur Weihnachtszeit schießt das Lied „All I want for christmas" von Mariah Carey in die Charts. Die Künstlerin veröffentlichte den Song 1994 und verdient daran immer noch circa 2,5 Millionen Dollar pro Jahr. Demnach hat Mariah Carey insgesamt mit nur einem einzigen Song über 70 Millionen Dollar erhalten.

Taylor Swift und die Katzen

Die Künstlerin liebt ihre 3 Katzen über alles und zeigt die Wollknäuel oft in den sozialen Medien. Die 3 Kätzchen heißen Meredith, Olivia und Benjamin. Taylor fühlt sich rundum wohl, wenn ihre 3 Gefährten bei ihr sind. So kommt es hin und wieder vor, dass die knuffigen Tiere in Musikvideos und bei Fotoshootings zu sehen sind.

The Weeknd und das Wochenende

The Weeknd heißt eigentlich Abel Makkonen Tesfaye und hat den besonderen Künstlernamen aufgrund seiner Arbeitszeiten gewählt. Am Anfang seiner Karriere trat er während der Wochenenden in Bars und Clubs auf. Da lag es für ihn nahe, diesen heute so unverwechselbaren Künstlernamen zu nutzen. Heutzutage zählt The Weeknd zu den meistgehörten Künstlern weltweit.

FILME & STARS

VON VERWIRRTEN SUPERHELDEN UND KAPUTTEN ZAUBERSTÄBEN

Wenn Wale, Pferde und Schildkröten zu Dinosauriern werden

Geräusche, die Saurier in den „Jurassic Park"-Filmen von sich geben, wurden größtenteils von lebenden Tieren erzeugt. Meist mischten die Filmemacher Geräusche von Affen und Walen, um den Dinos eine passende Stimme zu verleihen. Die Geräusche der Velociraptoren stammten hingegen von Schildkröten. Der T-Rex bekam den Sound von fauchenden Gänsen und atmenden Pferden. Der Produzent Steven Spielberg ließ sich von Wissenschaftlern beraten, damit der Sound wirklich zum jeweiligen Saurier passt.

Eine Ratte als Lieblingstier

Im Film „Ratatouille" spielt die liebenswerte, kulinarisch interessierte Ratte Rémy die Hauptrolle. 2007 war der Film ein Riesenhit und unglaublich viele Menschen stürmten in die Kinos. Der Film berührte vor allem die Herzen der Kinder, sodass zahlreiche Kids unbedingt eine Ratte als Haustier haben wollten. Dadurch stieg der Verkauf von Ratten in den USA um 50 Prozent an.

Die Macht der Hundeliebe

Der „Star Wars"-Regisseur George Lucas hatte die Idee zu der Figur Chewbacca, als sein riesiger Hund, ein Alaskan Malamute, auf dem Beifahrersitz saß. Der Vierbeiner wirkte auf dem Sitz größer als ein Mensch und sah ziemlich wuschelig aus. Das triggerte die Kreativität des Filmemachers und die Rolle des Chewbacca war geboren. Seine tiefe Freundschaft zu seinem Hund inspirierte George Lucas zu der engen Verbindung zwischen den Filmfiguren Chewbacca und Han Solo.

Harry Potter und die zerschlissenen Dinge

Bei Dreharbeiten gehen viele Dinge zu Bruch. Das ist nichts Ungewöhnliches. Allerdings benötigte Daniel Radcliffe während der „Harry Potter"-Aufnahmen immer wieder neue und unglaublich viele Brillen. Bis zum Abschluss der Dreharbeiten gingen 160 Brillen kaputt. Ungefähr 80 Zauberstäbe mussten die Mitarbeiter der Requisite erneuern, weil Daniel Radcliffe mit den Stöcken ständig wie ein Schlagzeuger herumtrommelte. Deshalb splitterte die Farbe ab und ein neuer Zauberstab musste her. Er war sich nicht bewusst, dass er so viele Stäbe auf dem Gewissen hatte, da die Mitarbeiter die Stäbe immer diskret austauschten.

Wenn es Auszeichnungen regnet

Die „Herr der Ringe"-Trilogie gewann unfassbar viele Preise, nämlich 475 Auszeichnungen. Damit ist die Trilogie die am meisten ausgezeichnete Filmreihe der Geschichte. Beispielsweise wurde der 3. Teil „Die Rückkehr des Königs" in 11 Kategorien für den Oscar nominiert. Alle 11 Oscars gingen an den Film. Das war ein Erfolg, den es vorher noch nie gegeben hatte. Unter anderem erhielt „Die Rückkehr des Königs" einen Oscar für den „Besten Film" und war damit der erste Fantasyfilm mit dieser Auszeichnung. Eben ein rundum gelungenes Meisterwerk.

Walt Disney - vom Traum zur Wirklichkeit

Der berühmte Filmproduzent Walt Disney folgte seinen Zielen und Träumen strikt. Den ersten Zeichentrickfilm „Schneewittchen und die sieben Zwerge" produzierte er 1937, obwohl er nicht genug Geld hatte. Darum nahm er mehrere Kredite auf und bürgte dafür mit seinem Haus. Er glaubte an den Erfolg und behielt Recht, denn der Trickfilm war enorm erfolgreich. „Alle unsere Träume können in Erfüllung gehen, wenn wir den Mut haben, ihnen zu folgen." Dieses Zitat von Walt Disney spiegelte seine Einstellung zum Leben perfekt wider. Walt Disney schenkte seiner Haushälterin Thelma Howard jedes Jahr zu Weihnachten Disney-Aktien. Als sie im Alter von 79 Jahren starb, hatte sie ein Vermögen von rund 9,5 Millionen Dollar.

Avengers – Superhelden in Action

Die Avengers-Filme entstanden hauptsächlich im Studio vor einem Green Screen und mithilfe von perfekten Computer-Technologien. Es gibt jedoch einzelne Szenen, die nicht vor einem grünen Hintergrund oder virtuell stattfanden. Im ersten Avengers-Teil sollen während des Angriffs auf New York echte Militärsoldaten mitgespielt haben. Das waren demnach keine Schauspieler, sondern Mitglieder des 391st Military Police Force Battalion aus Ohio, die während des Angriffs hinzukommen und helfen.

Zum Verwechseln ähnlich

Scarlett Johansson spielt in den Avengers-Filmen die Superheldin Black Widow. Während der Dreharbeiten zu „Avengers: Age of Ultron" trug sie ein Baby im Bauch. Um die Actionszenen dennoch wie geplant aufnehmen zu können, beauftragten die Filmemacher 3 Stuntwomen. Captain America-Darsteller Chris Evans berichtete in einem Interview von seiner Verwirrung wegen der Ähnlichkeit mit Scarlett Johansson. So kam es vor, dass Evans immer wieder mit der gedoubelten Black Widow sprach und sie für Scarlett Johansson hielt.

Superhelden im Training

Ursprünglich hatte sich Tom Hiddleston auf die Superheldenrolle des Thor beworben. Um sein Ziel zu erreichen, unterwarf sich Hiddleston einer strengen Diät und trainierte sich mehr als 25 Kilogramm Muskelmasse an. Allerdings bekam er die Rolle nicht, denn der Regisseur entschied sich für Chris Hemsworth als Thor. Enttäuschung kam bei Hiddleston dennoch nicht auf, da er die Rolle des Bruders Loki erhielt.

Talentierte Helden im Hintergrund

Im Avengers-Film „Age of Ultron" kommt eine Szene vor, in der Ultron seinen Drohnen den Befehl gibt, einen Truck anzugreifen. Alle Drohnen stammen von einem einzigen Animationszeichner, der 360 Tage für das Erstellen der Animationen brauchte. Als er mit der herausfordernden und langwierigen Aufgabe fertig war, fand als Dankeschön eine große Party statt.

Erfolgreiche Superhelden

Chris Evans und Chris Hemsworth haben für ihre Rollen als Captain America und Thor in „Infinity War" und „End Game" eine Gage von jeweils 15 Millionen Dollar erhalten. Das sah im Avengers-Film „Captain America: The First Avenger" noch ganz anders aus, denn für seine Rolle bekam Chris Evans ein Honorar von 300.000 Dollar. Mit dem Erfolg der Avengers-Filme wuchsen auch die Gagen.

Avatar – Aufbruch in eine neue Filmwelt

Mit „Avatar - Aufbruch nach Pandora" schuf James Cameron den ersten Film, der bis heute fast 3 Milliarden Dollar einbrachte. Deshalb ist der Blockbuster der erfolgreichste Film aller Zeiten. Zum Glück war der Film ein Riesenerfolg, denn er ist auch der teuerste jemals produzierte Film. Außerdem kommt in diesem Film das erste Mal eine 3D-Kamera zum Einsatz.

Einzigartige Musik für einen besonderen Film

Damit die Geräusche und Klänge der Avatar-Welt Pandora nicht an real existierende Welten erinnert, wollte Komponist James Horner keine echten Musikinstrumente nutzen. Kurzerhand kreierte Horner völlig neue Instrumente. Zum einen entstanden optisch neue Musikinstrumente, zum anderen einzigartige Sounds. Die Klänge wurden am Computer mit einem Mix aus Blasinstrumenten, Trommeln und Keyboards bearbeitet. Der mehrfach ausgezeichnete James Horner sprach in einem Interview davon, dass die individuellen Kompositionen seine bisher größten Herausforderungen waren.

Wenn für einen Film eine neue Sprache entsteht

Der Linguistik-Professor Paul Frommer erhielt bereits im Jahr 2005 den Auftrag, eine Sprache für die Avatar-Ureinwohner zu kreieren. Dafür nutzte er unter anderem Ejektive. Das sind Laute, bei denen die Luft stoßartig nach außen gelangt. Außerdem arbeitete er an einer fiktionalen Sprache für die Ureinwohner Pandoras, indem Paul Frommer Laute nativer Sprachen aus Zentralasien und Amerika vermischte. Des Weiteren schaute sich der Professor die Grammatik bei Chinesen und Persern ab. Daraus entstand eine einzigartige Sprache, die keiner menschlichen ähnelt.

Die vielleicht niemals endende Wiederholung

Der Sketch „Dinner for one" ist die am häufigsten wiederholte Sendung des deutschen Fernsehens. Seit 1988 hält die Aufführung den Rekord im Guinnessbuch. Am Silvesterabend läuft die TV-Produktion zu verschiedenen Uhrzeiten auf mehreren Fernsehsendern. Natürlich kann man den unterhaltsamen und witzigen Dialog zwischen Butler James und Miss Sophie jederzeit online abrufen.

Wenn Löwen im Dschungel leben sollen

Ursprünglich sollte „Der König der Löwen“ anders heißen. Mehrere kreative Köpfe des Filmemacher-Teams fanden anfangs den Titel „König des Dschungels“ großartig. Zum Glück fiel den Verantwortlichen rechtzeitig ein, dass Löwen nicht im Dschungel leben. So kam es kurzerhand zur Titeländerung und ein peinlicher Moment der Filmgeschichte blieb aus.

Der erste Film, der jemals gedreht wurde

Es ist unglaublich, dass der erste Film bereits im Jahr 1888 entstand. Die kurze Filmsequenz „Roundhay Garden Scene“ von Louis Le Prince wurde im englischen Leeds aufgenommen. Der Film war kurz, denn nach 2 Sekunden endete die Aufnahme. Der erste Film zeigt Menschen, die sich im Garten unterhalten. Louis Le Prince entwickelte auch die Kamera, die den Namen „Roundhay Garden Cinema Apparatus“ trug.

SOCIAL MEDIA & INTERNET

DIE WUNDERSAME DIGITALWELT

Es war einmal

Das erste Social Media-Plattform erblickte 1997 das Licht der Welt. Diese hatte den vielversprechenden Namen SixDegrees, aber der Erfolg blieb aus. Deshalb wurde das erste Social Network im Jahr 2000 wieder abgeschaltet. SixDegress war einfach zu früh am Start. Das änderte sich schlagartig im Jahr 2003, denn das Jahr war die Geburtsstunde für viele digitale Start-ups und Social Media-Anbieter. Instagram, Facebook, YouTube und WhatsApp betraten im selben Jahr die digitale Welt.

Das blaue Facebook-Universum

Jeder kennt den Like-Button auf Facebook. Allerdings stimmten alle Mitarbeiter von Facebook zu Beginn für eine andere Bezeichnung: Awesome-Button. Mark Zuckerberg, der Gründer und Vorstandsvorsitzende von Facebook, entschied sich letztendlich für den Like-Button. Das blaue Design von Facebook hat einen speziellen Grund, denn Mark Zuckerberg kann wegen seiner Rot-Grün-Blindheit bestimmte Farbtöne nicht erkennen.

Ein zauberhafter Social Media-Name

Snapchat trat 2011 in Erscheinung. Am Anfang hatte diese Plattform einen viel niedlicheren Namen: Picaboo. Diese Bezeichnung setzt sich aus dem englischen Wort Peek-a-boo zusammen und bedeutet guckguck (schau mal). Noch ein interessanter Fakt zu Snapchat: 93 Prozent der Nutzer haben schonmal ein Bild ihres Getränks versendet.

Von Codename zu Instagram

Auch Instagram hatte vor der Veröffentlichung einen anderen Namen: Codename. Nun ja, das klingt nicht so kreativ wie Picaboo, aber die Bezeichnung galt auch nur kurze Zeit. Die Verantwortlichen kreierten rechtzeitig den nicht mehr wegzudenkenden Namen Instagram (=Zusammenspiel der Worte camera und telegram).

Mit TikTok auf Erfolgskurs

TikTok hieß nicht schon immer TikTok, denn die Plattform kam ursprünglich als Musik-Video-App namens Douyin in China auf dem Markt. Kurze Zeit später kaufte das US-amerikanische Unternehmen ByteDance die Douyin-Rechte. Entwickler tüftelten unermüdlich an der App, sodass diese im Jahr 2016 weltweit unter dem Namen TikTok startete. Im Nullkommanichts hat TikTok an Popularität gewonnen und zählt seitdem zu den am meisten genutzten Apps.

Abracadabra, Kadaver und Amazon

Amazon-Gründer Jeff Bezos hatte zuerst die Idee, sein Unternehmen Cadabra zu nennen (Kurzform für Abracadabra). Letzten Endes wählte er einen anderen Namen, denn Cadabra erinnerte ihn an das weniger attraktive Wort Kadaver. Bezos entschied sich für Amazon als Bezeichnung, da der Name mit A beginnt und die Ergebnisse der Internet-Suchmaschinen damals in alphabetischer Reihenfolge aufgelistet wurden. Übrigens: Der Pfeil im Amazon-Logo soll darstellen, dass man alles von A bis Z kaufen kann.

Livestream auf ewig

Die Gründer von Twitch kreierten dieses Netzwerk als Livestreaming-Plattform für Videospiele. Heutzutage ist Twitch nicht nur im Bereich Gaming beliebt, sondern auch Livestreams von Kategorien wie Musik, Kunst, Fitness, Koch- und Talkshows sind Teil des Twitch-Universums. Das Netzwerk entwickelte sich zu einer der größten Plattformen für Livestreams. Jährlich werden rund 1,5 Milliarden Stunden an Inhalten ausgestrahlt. Wenn du jeden Stream ansehen könntest, dann bräuchtest du ungefähr 175.000 Jahre dafür. Hast du Zeit?

Cats and Dogs – die entzückenden Influencer

Immer mehr Nutzer machen ihre Hunde oder Katzen in sozialen Medien berühmt. Viele Tiere besitzen einen eigenen Account. Oft haben die tierischen Freunde mehr Follower als Herrchen oder Frauchen. Da zahlreiche Unternehmen ihre Werbestrategien stark in sozialen Medien ausweiten, agieren die wuscheligen Berühmtheiten sogar als Influencer für Produkte und Dienstleistungen.

Steile Karriere als Meme-Influencer

Meme-Influencer erstellen und teilen lustige Fotos oder Videos, die sich in rasanter Geschwindigkeit verbreiten. Memes sollen unterhalten und inspirieren. Social Media dient oft als Tool, um die eigene Marke aufzubauen und Geld zu verdienen. Mit diesem Online-Entertainment erzielen einige Meme-Influencer eine größere Reichweite als prominente Persönlichkeiten. Es handelt sich hierbei meist nicht um schnell verdientes Geld. Dauerhaften Erfolg haben nur Influencer, die eine Menge Mut, Durchhaltekraft, Kreativität und Fleiß einbringen.

Wenn Studien ein bisschen daneben liegen

In den 1970er Jahren gab es eine Studie, die vorhersagte, dass weltweit nicht mehr als 5 Computer zum Einsatz kommen würden. Aus der Zahl 5 ist nun doch mehr geworden, denn heutzutage sind mehr als 7 Milliarden Smartphones im Umlauf. Außerdem gibt es unzählige Computer, die den Alltag durch digitale Technologien auf so viele Arten verändern.

:o)

Scott Fahlman, ein US-amerikanischer Computerwissenschaftler, kreierte im Jahr 1982 das erste Emoticon: :o). Er sah die Aneinanderreihung dieser Zeichen als Möglichkeit, Scherz und Ironie in einer Textnachricht zu kennzeichnen, ohne dabei die Worte des Textes zu verändern. In der heutigen Zeit tummeln sich in der digitalen Welt Tausende von Emoticons und Emojis.

Die erste E-Mail – ein Meilenstein der Kommunikation

1971 legte Ray Tomlinson den Grundstein für ein wichtiges Kommunikationsmittel. Er verschickte die erste Mail an sich selbst (tomlinson@bbntenexa). Tomlinson entwickelte das Betriebssystem TENEX, welches damals Nachrichten an andere Nutzer desselben Computers ermöglichte. Die Mailadresse tomlinson@bbntenexa enthielt bereits das Zeichen @, um den Benutzernamen vom Rechnernamen abzugrenzen. Das @ hielt Tomlinson für geeignet, weil es in der üblichen Schriftsprache nicht vorkommt. Der Erfinder konnte sich nicht mehr an den Inhalt der Mail erinnern, da ihm dies zur damaligen Zeit belanglos erschien.

Sauberes Klo per Knopfdruck

Toilettenreinigung per App? Das funktioniert mithilfe Künstlicher Intelligenz (KI). Mit einer speziellen App und ausgefeilten Technologien analysieren Kameras den Zustand der Toilette und geben dem Nutzer Bescheid, ob diese sauber oder verunreinigt ist. Es besteht sogar die Möglichkeit, eine Reinigungsfunktion zu aktivieren, sobald das WC schmutzig ist. So kommt Künstliche Intelligenz in ungewöhnlichen, aber nützlichen Bereichen zum Einsatz.

Das erste Onlinevideo

Ein Schäferhund namens Westy war der Star des ersten Onlinevideos. In dem Video von 1994 bekam der Vierbeiner sein Fressen. Die Sequenz wurde vom Unternehmen Silicon Graphics erstellt und hochgeladen, aber die Qualität war nicht vergleichbar mit den heutigen Möglichkeiten. Man sah Westy beim Futtern mit einer sehr niedrigen Auflösung zu.

YouTube startet mit Elefanten

Am 23. April 2005 lud Gründer Jawed Karim das erste YouTube-Video hoch. Das Originalvideo trägt den Namen „Me at the zoo". Es ist noch immer online und hat mehr als 250 Millionen Aufrufe. Erklärvideos gehören zu den beliebtesten Videokategorien auf YouTube. Die beliebtesten Tutorials sind Videos, wie man richtig küsst oder wie man eine Krawatte korrekt bindet.

Netflix vor Google

Google ist jünger als Netflix. Die heutige Streaming Plattform ging 1997 online und Google positionierte sich ein Jahr später am Onlinemarkt als Suchmaschine. Allerdings streamte Netflix 1997 noch keine Filme und Serien. Netflix verschickte DVDs und Videokassetten zum Ausleihen. Wie schnell sich doch manche Dinge weiterentwickeln.

Randalierende Käfer

Ein Programmfehler wird als Bug bezeichnet. Dieser Name geht bis ins 19. Jahrhundert zurück, denn damals fürchteten Ingenieure, dass Käfer (englisch Bugs) in die Maschinen krabbeln und Fehlfunktionen hervorrufen könnten. Tatsächlich gab es nach Erfindung des Computers Vorfälle, in denen Krabbeltiere die Ursache für Systemstörungen waren. Deshalb etablierte sich der Begriff Bug für Fehler im System.

GAMING & VIRTUAL REALITY

DAS SPANNENDE SPIELEUNIVERSUM

Es geht los

Im Jahr 1952 wurde das erste grafische Videospiel namens „OXO" entwickelt. Dabei handelte es sich um ein klassisches Tic-Tac-Toe-Spiel, bei dem die Spieler die Tastatur oder Wahlscheibe eines Telefons für die Steuerung nutzten. Das nächste Spiel ließ nicht lange auf sich warten, denn 1961 programmierte Steve Russell „Spacewars!". Der Spieleentwickler steckte viel Zeit und Leidenschaft in sein Projekt. Dennoch verdiente er nie Geld damit. Das erste erfolgreiche Spiel entstand 1972 und hieß „Pong".

Super Mario – der sympathische Vermieter

Super Mario sollte eigentlich Mr. Video heißen. Die Entwickler fanden den Namen zu langweilig und nannten die Spielfigur Jumpman. Aber auch das änderte sich, denn der Nintendo-Geschäftsführer ließ sich von seinem Vermieter mit dem Namen Mario Segale inspirieren. Nintendo verdiente am Anfang nicht viel mit dem Spiel, sodass das Unternehmen Schwierigkeiten mit der Mietzahlung hatte. Vermieter Mario Segale war verständnisvoll und stimmte einer späteren Zahlung zu. Als Dank für seine Nachsicht benannte Nintendo die neue Spielfigur nach ihm.

Dreieck, Viereck, Kreis und Kreuz

Die Buttons der Playstation-Controller hatten am Anfang eine bestimmte Bedeutung: Das Viereck stand für eine Karte und das Dreieck für die Perspektive der Spielfigur. Das Kreuz und der Kreis bedeuteten Nein oder Ja. Die Entwickler gingen davon aus, dass alle Spiele dieser Bedeutung folgen würden. Allerdings hielt diese Idee nicht lange stand, denn dafür waren die Spiele zu unterschiedlich.

Blutgeruch für reale Spielerlebnisse

Im Jahr 1988 erfand der Spieleentwickler Hideo Kojima die „Metal Gear Solid"-Reihe und das Computerspiel „Snatcher". Um die Spieler noch tiefer ins Geschehen hineinzuziehen, plante er etwas Ungewöhnliches. Die Disketten des Spiels „Snatcher" sollten in einer Chemikalie baden, um beim Erhitzen im Computer einen Blutgeruch abzusondern. Beim Unternehmen Konami ist diese Idee allerdings nicht auf Begeisterung gestoßen, sodass dieses Vorhaben niemals umgesetzt wurde. Eine ähnliche Idee realisierten Entwickler später für das Spiel FIFA 2001. Hierfür benutzten sie die Scratch & Sniff-Technologie. Sobald man an der CD kratzte, roch diese nach dem Torf eines Fußballfeldes.

Spieleentwickler mit reinem Gewissen

Flappy Bird war ein beliebtes Spiel. Allein die Werbeeinnahmen brachten dem vietnamesischen Erfinder Dong Nguyen täglich circa 50.000 Dollar ein. Der Spieleentwickler löschte das Erfolgsspiel von einem auf den anderen Tag kommentarlos aus dem App-Store. Der Grund: Dong Nguyen konnte es nicht mit seinem Gewissen vereinbaren, dass viele Nutzer unentwegt spielten. Das Suchtpotenzial war aus seiner Sicht zu hoch.

Pokémon Go – wenn Virtualität auf Realität trifft

Pokémon Go zählt zu den erfolgreichsten Games. Hier verbinden sich virtuelle Spielinhalte mit der realen Welt. Der Erfinder des Pokémon-Universums Satoshi Tajiri ließ sich durch das Fangen von Raupen zu dieser Idee inspirieren. Als Kind sammelte er die kleinen Tiere und sah zu, wie sie sich entwickelten. Das war der Anfang von etwas Großem. 2016 legten Hunderte Pokémon-Go-Spieler den Verkehr auf einer Straßenkreuzung in Taiwan still, weil dort das seltene Pokémon Relaxo auftauchte.

Wenn Geld schnell verschwindet

Der Aufenthalt in der Gamingwelt kann ganz schön ins Geld gehen. Auf Twitch hat ein US-amerikanischer Teenager in nur 14 Tagen 20.000 Dollar investiert. Dafür nutzte er die Kreditkarte der Eltern und verschleuderte die Ersparnisse. In Deutschland hat ein 7-jähriger Junge mehr als 2.000 Euro für Handyspiele verbraten. Den Eltern war nicht bewusst, dass sie die Bankdaten im Account des Sohnes hinterlegt hatten.

Partytime – ein sensationelles Miteinander

Das erste Game, bei dem die Spieler miteinander spielen konnten, war MMORPG Neverwinter Nights. Das war 1991 eine große Sensation, weil das Internet noch in den Kinderschuhen steckte. Darum traf man sich damals persönlich, um auf einer LAN-Party gemeinsam zu zocken. Die größte LAN-Party fand 2013 in Schweden statt, denn über 22.000 Menschen brachten ihren Computer mit und loggten sich in das Netzwerk ein.

Die geheimnisvolle virtuelle Welt

Die digitalen Technologien haben sich im letzten Jahrzehnt rasant weiterentwickelt. Virtual Reality (VR) hält längst Einzug in den Alltag und macht vieles möglich, was vor Jahren undenkbar war. Da die digitale Welt so schnell Fortschritte macht, beängstigt das einige Menschen. Es kann sogar so weit gehen, dass eine „Virtual-Reality-Phobie" auftritt. Hierbei haben Menschen Angst davor, beim Eintauchen in die virtuelle Welt nicht mehr ins reale Leben zurückkehren zu können.

Virtual Reality – einmal zum Mars und zurück

Dank moderner Technologien reisen Menschen sicher auf andere Planeten, ohne überhaupt das Haus zu verlassen. Mit dem Raumschiff zum Mars? Nichts leichter als das: Brille auf und los geht die Reise. Es gibt sogar Menschen, die ihre Angst vor Höhen, Enge oder Spinnen durch eine VR-Therapie überwunden haben. Des Weiteren besteht die Möglichkeit, seine Fähigkeiten mittels VR-Technik zu verbessern. Ein Friseur, der virtuelle Haarschnitte verpasst, kann seine Schnitttechniken trainieren und diese im realen Handwerk ausprobieren.

Der bestbezahlte Online-Gamer

Natürlich kann man mit Gaming nicht nur Geld verprassen, sondern auch vermehren. Der bestbezahlte Online-Gamer ist vermutlich Tyler „Ninja" Blevins, ein professioneller Gamer und Twitch-Streamer aus den USA. Er hat einen Vertrag mit Mixer (ehemals Microsoft). Tyler Blevins unterzeichnete auch Sponsorenverträge mit großen Marken wie Red Bull und Samsung. Laut Schätzungen verdient er mehrere Millionen Dollar im Jahr.

Jüngster professioneller Gamer

Victor De Leon III (alias Lil Poison) hält den Rekord als jüngster professioneller Videospieler. Im Alter von 2 Jahren fand er Gefallen am Spielen und übte unentwegt, sodass er mit 4 Jahren mit den Profis mithalten konnte. Mit 7 Jahren bekam er einen Vertrag mit Major League Gaming und wurde damit der jüngste unter Vertrag stehende professionelle Gamer.

Älteste Gaming-YouTuberin

Shirley Curry aus den USA hielt lange Zeit den Titel der ältesten Videospiel-YouTuberin. Zum Zeitpunkt des Rekords hatte sie mit über 80 Jahren fast 250.000 Abonnenten. Doch dann kam Hamako Mori aus Japan. Die über 90-jährige Gamerin zockt schon seit 40 Jahren und ist bekannt unter dem Online-Namen Gamer Grandma.

Nintendo, die Spielkartenfirma

Das Unternehmen Nintendo wurde bereits 1889 gegründet. Der heutige Videospielgigant hatte sich von Anfang an als Ziel gesetzt, Menschen zu unterhalten. Deshalb stellte Nintendo vor langer Zeit Spielkarten her, die sehr gefragt waren. In den 1960er Jahren widmete sich das Unternehmen der Produktion von Spielzeug und ein Jahrzehnt später gingen Videospiele an den Start.

Ein Haus für Videospiele

Ein Mann aus den USA hat im Jahr 2018 ein Haus für seine Sammlung von über 11.000 Videospielen gekauft. Der Käufer erwarb das Gebäude, weil er nicht genug Platz in seinem eigenen Haus hatte, um seine Videospielsammlung unterzubringen. Es zeigt, wie stark bei einigen Spielern die Leidenschaft fürs Gaming ist und wie weit sie gehen würden, um ihre Sammlung zu schützen und zu erweitern.

Auf geht's ins Online-Adventure

Das erste Onlinespiel hieß „Adventure" und wurde im Jahr 1971 von dem Programmierer Will Crowther entwickelt. Es war ein textbasiertes Game, bei dem der Spieler die Rolle eines Abenteurers übernahm und durch eine Höhle reiste, um Schätze zu finden. Im Vergleich zu heutigen Computerspielen fehlte es etwas an Spannung, aber das war der Anfang von Onlinespielen, die die Welt im Sturm eroberten.

Roblox – wie alles begann

Roblox wurde im Jahr 2006 von einem einzigen Entwickler namens David Baszucki gestartet. Seitdem hat sich das Spiel zu einer der größten Plattformen für Spieleentwicklung und Online-Gaming entwickelt. Über 164 Millionen Spieler monatlich haben Freude an Roblox. In der Roblox-Welt ist es möglich, eigene Spiele zu erstellen und zu veröffentlichen, die dann von anderen Gamern gespielt werden können.

Brawl Stars – talentierter Entwickler am Start

Brawl Stars wurde von einem der Entwickler des erfolgreichen Spiels Clash of Clans erstellt. Es hat eine ähnliche Art von Multiplayer-Gameplay, bei dem die Spieler in Teams gegeneinander kämpfen, aber mit einem völlig anderen visuellen Stil und schnellerem Tempo. Brawl Stars ermöglicht auch eine Vielzahl von verschiedenen Spielmodi, von Teamkämpfen bis hin zu Solo-Herausforderungen.

Stumble Guys – bitte nicht schubsen

Das begehrte Spiel war ursprünglich als eine Art „Battle Royale" konzipiert, bei dem die Spieler gegeneinander kämpfen, um der letzte Überlebende zu sein. Die Entwickler überlegten es sich anders und entwickelten ein Game, bei dem die Spieler verschiedene Hindernisstrecken meistern müssen. Schubsen und andere Tricks sind erlaubt und bringen so manche Spieler in Rage.

Fortnite – Tanz mit mir

Seit der Veröffentlichung im Jahr 2017 hat das Spiel eine riesige und treue Community aufgebaut. Es hat schnell die Aufmerksamkeit von Spielern auf der ganzen Welt auf sich gezogen und wurde zu einem der am meisten gespielten Spiele der Welt. Fortnite besitzt auch eine starke Präsenz in den sozialen Medien und im eSport-Bereich. In dem Game gibt es eine Tanzeinlage namens Orange Justice, die von einem TikTok-Influencer stammt. Die Tanzbewegung wurde so populär, dass die Entwickler von Fortnite den Tanz in das Spiel aufgenommen haben.

Subway Surfers – Münzen sammeln mal anders

Das Onlinespiel Subway Surfers gibt es auch im realen Leben. Hin und wieder finden spezielle „Subway Surfers World Tour"-Events statt, bei denen die Spieler in echten U-Bahn-Stationen über die Gleise rennen und Sprünge machen. Diese Events wurden bereits in verschiedenen Städten auf der ganzen Welt durchgeführt, darunter Paris, New York und Berlin. Natürlich sind die Strecken bei solchen Veranstaltungen abgesichert und der U-Bahn-Verkehr ist stillgelegt.

FIFA – das Brett- und Kartenspiel für die ganze Familie

Ein witziger Fakt über das Spiel FIFA ist, dass es nicht nur als Computerspiel, sondern auch als Brett- und Kartenspiel existiert. Es gibt sogar ein Kartenspiel namens FIFA 365, das jedes Jahr aktualisiert wird. So kann man Karten mit den aktuellen Spielern und Mannschaften sammeln und tauschen. Zudem existiert eine App namens FIFA Ultimate Team (FUT), die den Spielern ermöglicht, ein Team aus virtuellen Karten zu erstellen und gegen andere Gamer online zu spielen.

Minecraft – aus Liebe zu Lego

Der schwedische Programmierer Markus Persson kreierte Minecraft im Jahr 2009. Das Spiel begann als Experiment, indem er eine 3D-Welt mit Texturen aus Legosteinen erstellte. Es hat sich rasant schnell zu einem der beliebtesten und erfolgreichsten Spiele aller Zeiten entwickelt. 5 Jahre später hat Persson das Spiel an Microsoft für 2,5 Milliarden Dollar verkauft. Einfach erstaunlich, was aus einer spielerischen Idee werden kann.

GTA V – das meistverkaufte Videospiel aller Zeiten

Grand Theft Auto V ist mit über 110 Millionen verkauften Einheiten weltweit das meistverkaufte Videospiel aller Zeiten. Ein interessanter Fakt über GTA V ist, dass man im Spiel in die Rolle eines Tieres schlüpfen kann, beispielsweise in ein Delfin oder ein Kondor. So kann der tierische Spieler schwimmen oder fliegen und die Umgebung erkunden. Es gibt eine Vielzahl von versteckten Missionen, die man als Tier abschließen kann (Fischer jagen, Beute suchen und ähnliches).

Candy Crush Saga – das erfolgreichste Handyspiel aller Zeiten

Das Spiel wird täglich von mehr Menschen gezockt als die Anzahl der Menschen, die jemals das Brettspiel Monopoly gespielt haben. Tatsächlich wurde es mehr als 2,7 Milliarden Mal heruntergeladen und täglich sind 93 Millionen Spieler aktiv. Es existieren zahlreiche Parodien und Memes im Internet, die sich auf das Spiel beziehen. Einige Leute haben sogar ihre eigenen Spielversionen erstellt, die Themen oder Ereignisse beleuchten wie beispielsweise Candy Crush Politics oder Candy Crush Game of Thrones.

GAME
OVER

MODE & STYLING

VON SCHLEICHENDEN SNEAKERN UND GEFÄHRLICHEN HAARNADELN

Hochzeitskleider – traditionell in weiß

Wieso sind Hochzeitskleider oft weiß? Dies war nicht immer so. Früher trugen ärmere Frauen einfach ihr schönsten Kleid. Adelige Damen bevorzugten die Farben Gold und Blau. Obwohl es vereinzelt auch weiße Hochzeiten gab, wurde der heutige Trend erst durch Queen Victoria von England (1819 - 1901) populär. Sie heiratete im Jahr 1840 in einem weißen Kleid und startete damit eine Tradition, die sich bis heute gehalten hat.

Nike und die begabte Studentin

Das Logo von Nike ist einzigartig und dennoch schlicht. Wer hat das erfunden? 1971 machte sich die Grafikdesign-Studentin Carolyn Davidson an die Arbeit und entwarf das Nike-Logo. Das Zeichen hat sogar einen Namen: Swoosh. Dafür erhielt sie 35 Dollar. Als die Marke Weltruhm erlangte, blieb es nicht bei den 35 Dollar. Das Unternehmen schenkte der Designerin Jahre später 500 wertvolle Nike-Aktienpakete. Die Marke Nike ist die meistkopierte Marke weltweit.

Bommelmützen - die schützenden Pompons

Die Bommel wurde ursprünglich für französische Matrosen entworfen und heißt auf Französisch Pompon. Der Puschel an der Mütze dient heutzutage lediglich als Zierde, aber damals war die Bommel eine Art Stoßdämpfer. Matrosen sollten sich wegen der niedrigen Schiffsdecken nicht am Kopf verletzen. Außerdem waren Kopfbedeckungen mit Bommel in unterschiedlichen Ländern ein Teil der Militäruniform. Die Pompons hatten verschiedene Farben, sodass erkennbar war, welcher Kompanie jemand angehörte.

Im Dirndl vom 5-Meter-Turm

In vielen Gemeinden Bayerns erfreut sich die Tradition des Turmspringens großer Beliebtheit. Eigentlich wäre das Turmspringen allein schon interessant genug, aber die Veranstalter lassen es richtig krachen. Antreten dürfen nur Teilnehmer, die in Trachtenkleidung kommen. So springen Jahr für Jahr Herren in Lederhosen und Damen im Dirndl in die Becken. Die Veranstalter haben auch eine smarte Idee für Kurzentschlossene: Wer keine Tracht dabeihat und kunstvoll ins Wasser planschen möchte, kann sich vor Ort traditionelle Kleidung leihen.

Jeans – das allseits beliebte Kleidungsstück

Warum sind Jeans häufig blau? In frühen Zeiten gehörte der Hosenklassiker zur Arbeitskleidung von Goldgräbern. Die Hose besteht in seiner traditionellen Form aus reiner Baumwolle und war somit weiß. Das ist eine eher ungünstige Farbe für Arbeiter. Somit nutzte man Indigoblätter, um den Stoff zu färben. Die Jeans kaschierte den Schmutz optimal und das Blau hat sich bis heute als Markenzeichen durchgesetzt.

Die größten Füße der Welt

Laut Guinnessbuch der Rekorde ist Jeison Rodriguez aus Venezuela der Mensch mit den größten Quanten weltweit. Stolze 40 Zentimeter sind seine Füße lang. Damit passen sie nur in maßangefertigte Schuhe der Größe 66. Der deutsche Schuhmacher Georg Wessels machte sich ans Werk und schenkte dem Mann mit den besonderen Füßen 4 Paar Schuhe.

Sneaker - wie der Schuh zum Namen kam

Die Bezeichnung Sneaker kam in einem Werbespruch im Jahr 1917 ins Rollen. Damals bewarb ein Unternehmen neue Turnschuhe mit dem Slogan, dass man sich mit diesen leise anschleichen kann (=sneak up). Der Slogan gewann an Popularität, sodass sich der Name bis heute durchsetzte. Ab 1917 wurden Sneaker in Massenproduktion hergestellt. Die Marke Converse produzierte im selben Jahr seinen ersten Sneaker und nannte ihn Converse All-Stars. Eigentlich war der Schuh eher für Basketballer gedacht, aber schon bald trugen Millionen von Menschen die einzigartigen Converse All-Stars.

Wenn der Schuh drückt

Viele tragen die falsche Schuhgröße. Etwa 12 Prozent der Männer tragen zu kleine und circa 75 Prozent aller Männer kaufen zu große Schuhe. Frauen hingegen greifen vorrangig zu einer Schuhgröße, die zu klein ist (mehr als 80 Prozent der Damen). Die Gründe dafür sind vielfältig. Zum einen kann es am starken Anstieg der Onlinekäufe liegen. Wer im Internet Waren kauft, schickt diese oft nicht zurück. Zum anderen führen ästhetische Vorlieben dazu, dass Kunden die kleinere Schuhgröße wählen. Füße mögen es nicht, in einen engen Schuh hineingequetscht zu werden. Wer auf Dauer unpassendes Schuhwerk trägt, riskiert unangenehme Fußprobleme.

Coco Chanel macht Modegeschichte

Coco Chanel hieß eigentlich Gabrielle Chasnel und gründete Anfang der 1910er Jahre das Modeimperium Chanel. Sie erfand das „Kleine Schwarze", ein zeitloses und klassisches Kleid, das noch heute sehr gefragt ist. Sie war auch eine der ersten Designerinnen, die sich gegen die damals üblichen engen und sperrigen Damenkleider aussprach. Coco Chanel bevorzugte stattdessen bequeme und praktische Kleidungsstücke. Chanel liebte zudem Düfte und kreierte verschiedene Parfums. Insbesondere das Parfum „Chanel No.5" gilt bis heute als eines der beliebtesten Parfums. Aufgrund ihres Einflusses auf die Welt der Mode kam sie als einzige Person ihrer Berufsgruppe auf die Liste der 100 einflussreichsten Personen des 20. Jahrhunderts.

Mittelaltertrend – schön eng muss es sitzen

Unter Adligen gab es im Mittelalter eine sonderbare Modeerscheinung. Oft saßen die Hosen so eng, dass die Leute kaum in der Lage waren, sich zu setzen oder sogar zu laufen. Deshalb saßen Adlige auf Stühlen mit hohen Lehnen, um die Beine ausstrecken zu können. Der Trend hat sich gewissermaßen vorgesetzt, denn Skinny Jeans kleben manchmal so sehr an den Beinen, dass langes Sitzen echt unangenehm wird.

Schlafanzug zur Party

In den 1920er Jahren galt das Tragen von Pyjamas in der Öffentlichkeit als modern. Manche Menschen trugen Pyjamas als Freizeitkleidung oder auch bei Partys und anderen sozialen Events. Diese Mode hat sich jedoch geändert und heute gibt es sicher nur wenige Menschen, die Pyjamas außerhalb der Wohnung tragen.

Riesige Kugelröcke brauchten Platz

Anfang des 19. Jahrhunderts zogen viele Frauen sogenannte Crinoline an. Dabei handelte es sich um einen Unterrock aus Stoff und Stahlringen, der den gesamten Rock wie eine riesige Kugel erschienen ließ. Diese Mode hatte ihren Höhepunkt in den 1850er Jahren, als die Röcke einen Umfang von über 10 Metern erreichten. Das bereitete Schwierigkeiten beim Betreten von Räumen oder Kutschen, da die Türen zu eng waren. Kurzerhand erfand jemand den Crinoline-Lift, damit die Frauen problemlos überall hingelangen konnten.

Schönheit liegt im Auge des Betrachters

Immer mehr Menschen kleiden sich mit „Ugly Fashion". Sie tragen bewusst unansehnliche Mode, der es an Ästhetik fehlt. Der Trend, dessen Wurzeln in der Streetwear zu finden sind, hat dazu geführt, dass inzwischen sogar Luxusmarken gezielt unansehnliche Kleidungsstücke in ihre Kollektionen aufnehmen. Demnach kann aus scheinbar unattraktiven Dingen etwas ganz Besonderes werden.

Nachhaltige Mode aus Kaffeesatz & Co.

Einige Designer gewinnen das Material für ihre Kleidung aus ungewöhnlichen Quellen. Dazu zählen beispielsweise recycelte Plastikflaschen oder sogar Kaffeesatz. Diese Methoden tragen zur Verringerung von Abfall bei. Nachhaltige Mode zeigt, dass Kleidung nicht nur Ästhetik bedeutet, sondern auch Umweltschutz eine immer größere Rolle in der Textilbranche spielt.

Stechende Hutnadeln und einseitige Sehhilfen

Im Laufe der Geschichte gab es Modetrends, die sich auf skurrile Accessoires bezogen. Zum Beispiel trugen Frauen im 19. Jahrhundert sehr lange Hutnadeln, die oft zu Verletzungen führten. Ein Modetrend bei Männern war das Monokel, eine Sehhilfe mit nur einem Glas. Das galt als besonders elegant und stylisch. Am Anfang des 20. Jahrhunderts war es modern, Handschuhe zu Kleidern anzuziehen. Die Handschuhe gab es in verschiedenen Längen, von kurz bis über den Ellbogen, sogar mit integriertem Fächer.

SPORT & ERFOLGE

AUßERGEWÖHNLICHE GESCHICHTEN UND KURIOSE SPORTARTEN

Wenn der Ball mitten im Punktspiel platzt

Im Jahr 2005 musste das Fußballspiel zwischen der belgischen Jupiler League zwischen dem AA La Louvriere und RSC Anderlecht wiederholt werden. Nach dem Schuss des Spielers Walter Baseggio (RSC Anderlecht) platzte der Ball während des Fluges. Der beschädigte Ball landete trotzdem im Tor. Der Schiedsrichter hatte gegen den Treffer nichts einzuwenden, sodass die Mannschaft aus Anderlecht am Ende mit 2:1 als Sieger vom Platz ging. Allerdings legte die andere Mannschaft Einspruch ein. Deshalb spielten beide Teams noch einmal gegeneinander.

Torjäger auf Rekordniveau

Robert Lewandowski erreichte etwas Historisches: 2015 erzielte er bei einem Spiel gegen den VfL Wolfsburg 5 Tore in nur 8 Minuten und 59 Sekunden. Für diese Meisterleistung wurde er mit 4 Auszeichnungen geehrt:

- schnellster Hattrick der Bundesligageschichte (3 Minuten und 22 Sekunden)
- schnellster Viererpack (5 Minuten und 42 Sekunden)
- schnellster Fünferpack (8 Minuten und 59 Sekunden)
- Rekord für die meisten Tore nach einer Einwechslung

Basketball – der kleinste und größte Spieler in einem Team

Der kleinste NBA-Spieler aller Zeiten ist bis heute Muggsy Bogues. Seine Körpergröße von 1,62 Metern hinderte ihn keineswegs daran, eine beachtliche Karriere hinzulegen. Erstaunlicherweise spielte er einige Zeit mit dem 2,31 Meter großen Manute Bol in einer Mannschaft. Für seinen Traumberuf trainierte er mehrere Jahre unentwegt. In seinen Anfängen bekam Muggsy Bogues negative Kritik zu seiner geringen Körpergröße, die er aber an sich abprallen ließ. Er glaubte fest daran, dass er es schaffen würde.

Begeisterung kennt keine Grenzen

Bogenschütze Matt Stutzman hält den wohl außergewöhnlichsten Weltrekord für den längsten und genauesten Schuss mit Pfeil und Bogen. Unter olympischen Bedingungen traf der US-Amerikaner aus einer Entfernung von 283,47 Metern das Ziel. Eine herausragende Besonderheit ist jedoch, dass Matt aufgrund einer angeborenen Behinderung keine Arme besitzt. Der Bogenschütze übt den Sport seit der Kindheit mit Leidenschaft aus. Mithilfe seiner Füße erledigt er alle Alltagsdinge sowie das Bogenschießen.

Gemeinsam sind wir stark

Dick Hoyt und sein ganzkörpergelähmter Sohn Rick nahmen an unzähligen Sportveranstaltungen teil. Unter dem Namen Team Hoyt absolvierten die beiden sogar 6 Iron Man-Wettkämpfe. Zuerst zog Dick seinen Sohn schwimmend 3,7 Kilometer in einem Boot hinter sich her. Danach fuhr er ihn 180 Kilometer mit dem Fahrrad über die Straßen. In der letzten Disziplin schob Dick seinen Sprössling 42 Kilometer im Rollstuhl vor sich her. Gemeinsam erreichten sie das Ziel zwar nicht als Sieger, aber als glückliches Vater-Sohn-Team. Beide waren unendlich dankbar, diese gemeinsamen Erfahrungen erlebt zu haben.

Wenn Frauen auf Händen getragen werden

Seit 1992 findet in Finnland jedes Jahr der Wettkampf „Wife Carrying World Championship" statt. Bei dem Wettbewerb versuchen Männer, ihre Ehefrauen schnellstmöglich ins Ziel zu tragen. Natürlich stehen einige Hindernisse bereit, die jedes Team überwinden muss. Das Gewinnerduo erhält einen besonderen Preis: Das Gewicht der Frau wird in Bier aufgewogen, sodass das Paar mit vielen Flaschen nach Hause fährt.

Quidditch – die Sportart für Harry Potter-Fans

Allen Fantasy-Fans dürfte Quidditch aus der Harry Potter-Saga ein Begriff sein. Diese Sportart hat es auch ins richtige Leben geschafft. Schade, dass im realen Leben keine Besen umherfliegen. Die Spieler heben zwar nicht vom Boden ab wie Harry Potter & Co., aber jeder muss sich einen Besen oder ähnliches zwischen die Beine klemmen. Beide Mannschaften versuchen, einen Lederball in 3 unterschiedlich hohe Tore des anderen Teams zu werfen. Statt des magischen goldenen Schnatzes kommt ein Tennisball zum Einsatz. Dafür wird der Ball in eine Socke gewickelt und am Hosenbund eines Spielers befestigt. Es finden sogar Weltmeisterschaften im Quidditch statt. Frankfurt am Main war 2016 der Austragungsort für das Weltturnier.

Zehen-Wrestling – der Stärkere gewinnt

Vielleicht kennst du Finger- oder Daumen-Wrestling. Dieser Sport ist inzwischen weit verbreitet. Doch es geht noch ungewöhnlicher, denn große Zehen kämpfen in manchen Regionen ebenfalls gegeneinander. In einem englischen Pub in Derbyshire in den 1970er Jahren kamen die ersten, sicherlich feuchtfröhlich erheiterten Gäste auf die Idee, mit den großen Zehen gegeneinander anzutreten. Jährlich findet in England die Zehen-Wrestling-Weltmeisterschaft statt. Meistens geht ein Engländer als Sieger hervor.

Mit dem Rad um die Welt

Vor langer Zeit, im Jahr 1894, ist Anna Kopchovsky als erste Frau mit dem Fahrrad um die Welt gefahren. Erst wenige Tage vor dem Start hatte sie gelernt, wie man mit dem Fahrrad fährt. Sie hatte ein klares Ziel vor Augen und zog bis zum Ende durch. In 15 Monaten erreichte Anna Kopchovsky das Ziel und bekam eine Prämie von mehr als 10.000 Dollar.

Alter ist nur eine Zahl

Der 100-jährige Fauja Singh aus Großbritannien hielt sich sein Leben lang fit. Als ältester Marathon-Läufer rannte er bei einigen Wettkämpfen mit. Er lebte nach dem Prinzip, dass es nie zu spät ist, seine Träume zu verwirklichen. Dabei erreichte er beachtliche Ergebnisse: Beim Toronto Waterfront-Marathon in Kanada beendete Fauja Singh den 42-Kilometer-Lauf in einer Zeit von 8 Stunden, 25 Minuten und 16 Sekunden.

Schnell wie der Blitz

Der jamaikanische Sprinter Usain Bolt ist der schnellste Läufer weltweit. Er hält den Rekord im 100-Meter-Sprint (9,58 Sekunden) und in der 200-Meter-Distanz (19,19 Sekunden). Seine maximale Laufgeschwindigkeit liegt bei 44,72 Kilometern pro Stunde. Der berühmte Leichtathlet hatte bei seinen Wettkämpfen immer eine Flasche Ketchup dabei. Er behauptete, dass er die rote Sauce für die Extra-Power brauchte. Es ist jedoch unklar, ob er tatsächlich Ketchup zu sich nahm oder die Flasche nur als Glücksbringer verwendete.

Wagenrennen im alten Rom

Zu den beliebtesten Events im alten Rom zählten Wagenrennen. Die Turniere fanden auf Straßen statt und die Wagen wurden von Pferden gezogen. Allerdings gab es keine Regeln zur Anzahl der Pferde. Das nutzten einige Teilnehmer aus und spannten bis zu 20 Pferde vor die Wagen. Leider führte das oft zu chaotischen und gefährlichen Rennen.

Skispringen mit Pferd oder Auto

Als Sportler mit dem Skispringen loslegten, waren die Schanzen noch sehr klein. Dadurch sprangen die Athleten oft nur ein paar Meter weit. Den Skispringern war das zu wenig. Deshalb ließen sich einige von einem Auto oder Pferd ziehen, um genug Schwung für den Sprung zu haben. Schließlich wurde dieses Vorgehen irgendwann untersagt, da es keine echte Leistung darstellte und als unsportlich galt.

Schachboxen – Konzentration und Action

Es gibt eine Sportart namens Chessboxing, bei der die Teilnehmer Schach spielen und danach in den Boxring steigen. Der Wettbewerb geht so lange, bis ein Schachboxer entweder durch Schachmatt oder K.O. gewinnt. Die Idee hinter diesem Sport ist, die körperliche und geistige Fitness zu kombinieren.

Basketball mit Einrad – ein Balanceakt

Beim Unicycle Basketball geht es darum, Basketball auf einem Einrad zu spielen. Dieser Sport wird hauptsächlich von Einrad-Fans ausgeübt. Einrad-Basketball erfordert unterschiedliche Fähigkeiten, um das Gleichgewicht auf dem Rad zu halten sowie gleichzeitig einen Basketball zu dribbeln und zu werfen. Viele sportbegeisterte Unicycle Basketball-Enthusiasten können es kaum erwarten, ihr Können und ihre Leidenschaft bei Meisterschaften zu zeigen.

Ein wässriges Hockey-Spiel

Underwater Hockey, auch bekannt als Octopush, ist eine Sportart, bei der die Teilnehmer unter Wasser mit einem kleinen Stock und einem Gummipuck spielen. Diese Aktivität wurde in den 1950er Jahren in England erfunden und hat sich seitdem in vielen Ländern verbreitet. Das Spiel findet in einem Schwimmbecken statt und jede Mannschaft besteht aus 6 Spielern. Das Ziel des Spiels ist, den Puck in das gegnerische Tor zu schießen. Die Bedingungen unter Wasser sind natürlich anders als auf einem gewöhnlichen Spielfeld. Underwater Hockey zieht vor allem Sportler an, die eine besondere Herausforderung suchen.

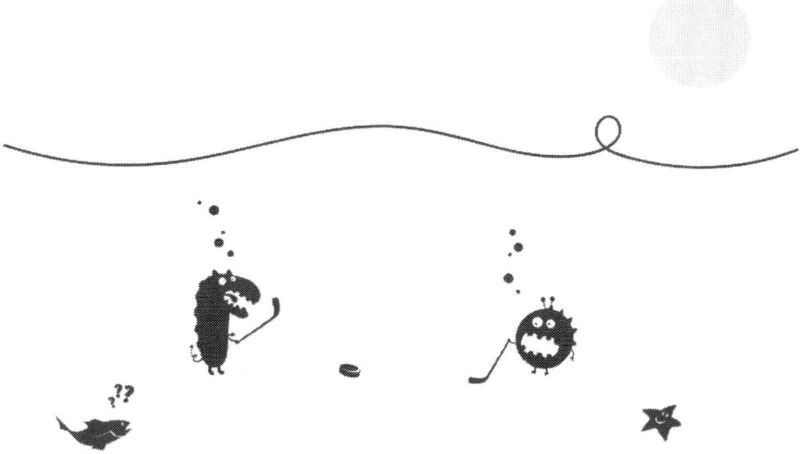

Barfuß und mit Erfolg durchs Ziel

Die berühmte südafrikanische Langstreckenläuferin Zola Budd lief immer ohne Schuhe. Sie liebte es, barfuß zu laufen und stellte sogar einige Weltrekorde auf. Zola Budd erhielt von Sportinteressierten und Journalisten ständig diese Frage: „Warum laufen Sie barfuß?" Die Sportlerin argumentierte, dass sie ein besseres Gefühl für den Boden unter ihren Füßen hat und die Bewegungen optimal kontrollieren kann.

Lang, länger, am längsten

Tennisliebe kennt keine (Zeit)grenzen. Nicolas Mahut aus Frankreich und John Isner aus den USA trafen sich 2010 bei den Wimbledon Championships. Das Spiel zog sich über 3 Tage hinweg und dauerte insgesamt 11 Stunden. Schließlich endete das Match mit einem unglaublichen Ergebnis von 70-68. Isner ging dabei als Sieger vom Platz. Eine wahre Meisterleistung der beiden Sportler, denn dieses Spiel gilt bis heute als längste Tennispartie der Geschichte.

Die Vergangenheit bestimmt nicht die Zukunft

Wilma Rudolph war eine US-amerikanische Leichtathletin, die bei den Olympischen Spielen im Jahr 1960 3 Goldmedaillen gewann. Sie wurde als die schnellste Frau der Welt bezeichnet. In ihrer Kindheit erkrankte sie an Polio und konnte als Kind nur mit Krücken gehen. Diese Lebensgeschichte inspirierte viele junge Mädchen und Frauen, ihre Träume zu verfolgen und Grenzen zu überschreiten.

KÖRPER & GESUNDHEIT

MEISTERWERKE DER NATUR

Menschen mit einzigartigem Hautton

Im 19. Jahrhundert lebten im Osten des US-Bundesstaates Kentucky einige Menschen mit bläulich schimmernder Haut. Der Auslöser für den ungewöhnlichen Hautton war eine seltene Krankheit namens Methämoglobinämie. Aufgrund der erhöhten Konzentration von Methämoglobin im Blut hatte die Haut einen bläulichen Farbton. Forscher gehen von Vererbung der Krankheit aus, da einige Nachkommen den besonderen Hautton ebenfalls besaßen.

Wenn Ameisen klaffende Wunden verschließen

Brasilianische Ureinwohner nutzen für alle Belange des Alltags die Kraft der Natur. Bei Verletzungen kommen hin und wieder Ameisen zum Einsatz, die als Wundklammern dienen. Die Einheimischen lassen die Krabbeltiere mit ihren Zangen zubeißen. Danach trennen sie den Ameisenkörper ab. Nun bleiben die Zangen im Körper verkeilt und schließen die Wunde. Die verletzte Person muss dabei einiges ertragen, denn der Biss der Riesenameise ist schmerzhafter als ein Hornissenstich. Mit den in Deutschland lebenden Ameisen sind die Tropischen Riesenameisen nicht zu vergleichen, denn diese erreichen eine Größe von bis zu 3,5 Zentimetern. Dementsprechend monströs sehen auch die Zangen aus.

Magensäure zersetzt Metall

Unsere Magensäure hat's in sich. In Laborversuchen stellten Wissenschaftler fest, dass der Magensaft ohne Weiteres metallische Gegenstände zersetzen kann. Wenn die Säure auf unsere äußere Hautschicht geraten würde, käme es zu Verbrennungen. Allerdings ist unser Magen bestens ausgestattet, denn die Schleimhaut harmoniert bestens mit der Magensäure. Die Zellen der Magenschleimhaut regenerieren sich ständig, sodass die Verdauung reibungslos abläuft.

Ganz schön viel Spucke

Während des gesamten Lebens produziert ein Mensch durchschnittlich so viel Speichel, dass man damit einen Pool von 25 Metern Länge und 1 Meter Tiefe befüllen könnte. Viele Menschen ekeln sich vor Speichel, weil dieser mit Bakterien, Viren und Krankheiten assoziiert wird. Die Abwehrreaktion (=Ekelgefühl) schützt vor potenziell schädlichen Situationen. Auch soziale oder kulturelle Prägungen können dafür verantwortlich sein, vor was wir uns ekeln.

Das hungrige Gehirn

Unser Gehirn macht nur etwa 2 Prozent der gesamten Körpermasse aus, aber verbraucht Unmengen an Energie. Das Denkorgan ist ungefähr so groß wie 2 geballte Fäuste und wiegt etwa 1,5 Kilogramm. Dennoch benötigt das Hirn 20 Prozent des Sauerstoffs und 25 Prozent der Glukose im Körper. Da es kaum Speicherkapazitäten für Energie und Sauerstoff besitzt, muss das Gehirn ständig mit Blut versorgt werden.

Neue Haut nach wenigen Wochen

Alle 4 Wochen entsteht eine komplett neue Hautschicht. Kaum ein Körperbereich regeneriert sich so flink wie die Haut. In einer Minute fallen ungefähr 30.000 schuppenartige tote Zellen an, weil sich die äußerste Schicht der Epidermis (Oberhaut) komplett ersetzt. Der Staub im Wohnraum besteht größtenteils aus Hautschuppen.

Wie weit uns die Füße tragen

In unserem Leben umrunden wir 3-mal die Erde. Insgesamt sind das circa 200 Millionen Schritte und 130.000 Kilometer. Beim Shoppen laufen wir im Durchschnitt 214 Kilometer pro Jahr. Jeder von uns verbringt zwischen 25 und 57 Prozent des Lebens auf den Beinen. Darum macht es Sinn, den Füßen mehr Aufmerksamkeit zu schenken und diese nicht in zu enge oder unbequeme Schuhe zu stopfen.

Selbst kitzeln ist langweilig

Unser Verstand nimmt vorrangig Reize auf, die von außen einwirken. Deshalb gelingt es den meisten Menschen nicht, sich selbst zu kitzeln. Woran liegt das? Das Gehirn ordnet Berührungen mit der eigenen Hand als unwichtig ein, weil das eigene Krabbeln keine neuen Erkenntnisse liefert. Sobald unsere Hand zur Haut wandert, berechnet das Hirn den Zeitpunkt der Berührung voraus. Sofort werden alle Nervensignale gedämpft.

Rund um die Uhr im Einsatz

Unsere Ohren sind 24 Stunden nonstop aktiv. Diese Körperregion ist so hochkomplex, dass kein Ingenieur einen originalgetreuen Nachbau kreieren könnte. Das Trommelfell kann so viel Druck aushalten wie ein Fahrradschlauch, obwohl es nur 0,1 Millimeter dick ist. Das Gehör schläft nie, denn auch im Schlaf nimmt es Geräusche wahr.

2 Millionen neue Blutkörperchen in nur einer Sekunde

Rund 5 bis 7 Liter Blut mit circa 25 Billionen roten Blutkörperchen fließen durch die Adern. Nach 4 Monaten entsorgt der Organismus alte Bestandteile und ersetzt diese im Nullkommanichts. Im Knochenmark entstehen je Sekunde rund 2 Millionen neue rote Blutkörperchen - eine beachtliche Spitzenleistung des menschlichen Körpers.

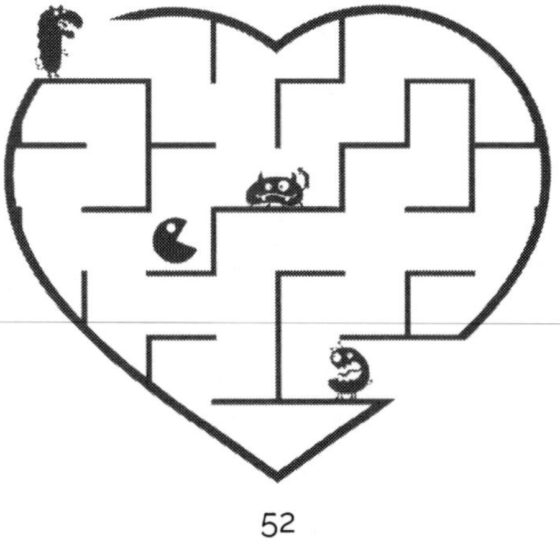

Ein riesengroßes Labyrinth

Mehr als 100.000 Kilometer Länge misst unser komplettes Gefäßsystem mit Arterien und Venen, wenn man alle kleinen Verästelungen miteinbezieht. Das entspricht dem zweieinhalbfachen Umfang der Erde. Unser Herz arbeitet fleißig, sodass es täglich rund 8.000 Liter Blut durch das Adersystem pumpt. Im Laufe eines durchschnittlichen Menschenlebens pocht es stolze 3 Milliarden Mal.

Das feine Näschen

Die menschliche Nase ist in der Lage, circa 1.000.000.000.000 Gerüche zu unterscheiden. Die Nase nimmt Gerüche durch Rezeptoren in der Nasenschleimhaut auf. Diese Rezeptoren sind Zellen, die chemische Verbindungen erkennen und an das Gehirn weiterleiten. Die Anzahl der Rezeptoren variiert von Mensch zu Mensch und beeinflusst die Fähigkeit, verschiedene Gerüche wahrzunehmen.

160 km/h Niesgeschwindigkeit

Beim Niesen beschleunigt die Atemluft auf mehr als 160 km/h. Niesen wird nicht nur durch Infekte, Allergien oder Staub ausgelöst, sondern auch durch grelles Sonnenlicht oder Kälte. Aus Reflex schließen wir beim Niesen immer die Augen. Der Organismus schützt die Augen, damit keine Tränenflüssigkeit austritt und kein Niesschleim ins Auge gelangt.

Ein Fluss von Tränen

Im Lauf des Lebens weint ein Mensch rund 70 Liter Tränen. Wir sind Lebewesen, die aus emotionalen Gründen wie beispielsweise Trauer, Rührung oder Freude weinen. Wir benötigen auch Tränenflüssigkeit, um die Augen fit zu halten. Tränendrüsen stellen täglich 1 bis 2 Milliliter Flüssigkeit her, die Proteine und weitere wertvolle Stoffe zur Vorbeugung von Infektionen enthält.

Blue Zones – das Geheimnis der Langlebigkeit

Es gibt Gegenden auf der Erde, in denen die Bewohner die durchschnittliche Lebenserwartung der Weltbevölkerung deutlich übertreffen. Diese Regionen nennen Wissenschaftler Blue Zones. Aktuell sind weltweit 5 blaue Zonen bekannt: Sardinien (Italien), Ikaria (Griechenland), Okinawa (Japan), Loma Linda (Kalifornien) und Nicola (Costa Rica). Altersforscher machten sich an die Arbeit und konnten einige Gründe für die Langlebigkeit herausfinden:

- Ernährung: In Blue Zones wird oft mediterrane Nahrung gegessen, die reich an Obst, Gemüse, Nüssen, Bohnen und Vollkornprodukten ist. Auf dem Teller landen selten verarbeitete Lebensmittel oder Fleisch.
- Bewegung: Menschen in Blue Zones sind aktiv und treiben viel Sport, sei es durch Arbeit oder Hobby.
- Soziale Unterstützung: Bewohner der Blue Zones haben oft enge Beziehungen zu Familie und Freunden. Sie sind Teil von engen Gemeinschaften, was dazu beiträgt, dass sie sich gesünder und glücklicher fühlen.
- Spiritualität und Glaube: Viele Menschen, die ein hohes Alter erreichen, spüren einen tiefen Sinn im Leben und gehen einer bestimmten Berufung nach.
- Positive Lebenseinstellung: Herausforderungen werden als Möglichkeit zur persönlichen Entwicklung angesehen. Dankbarkeit und Lebensfreude spielen im Leben der Bewohner eine große Rolle.

Der erste Kuss

Sobald ein Baby das Licht der Welt erblickt, neigen Mamas instinktiv dazu, das Neugeborene zu küssen. Durch den Knutscher nimmt die Mutter nämlich Bakterien und Viren auf, bildet dagegen Antikörper und kann diese über die Muttermilch an das Kind weitergeben.

Zweimal im Jahr den eigenen Geburtstag feiern

Lynlee Hope Boemer aus dem US-Bundesstaat Texas wurde zweimal geboren. Während der Schwangerschaft stellten Ärzte fest, dass das ungeborene Mädchen sich nicht gesund entwickelte. Deshalb wurde das Baby in der 23. Schwangerschaftswoche aus dem Bauch der Mutter geholt, um einen Tumor entfernen zu können. Nach der erfolgreichen Operation setzten die Ärzte das Mädchen wieder in die Gebärmutter ein. Die höchst komplizierte Operation war ein großer Erfolg, denn 12 Wochen später kam das Baby gesund zur Welt.

Nasenlöcher teilen sich die Arbeit

Ungefähr 80 Prozent der Menschen atmen ausschließlich durch ein Nasenloch. Alle 2,5 Stunden wechseln sich die Nasenlöcher ab. Das nicht atmende Nasenloch reinigt sich in dieser Zeit. Perfekte Teamarbeit.

Die sensiblen Finger

Der menschliche Finger ist so feinfühlig, dass er Objekte mit einer Größe von nur 13 Nanometern spüren kann. Zum Vergleich: Wenn unser Finger so groß wie unsere Erde wäre, könnten wir den Unterschied zwischen einem Auto und einem Haus fühlen.

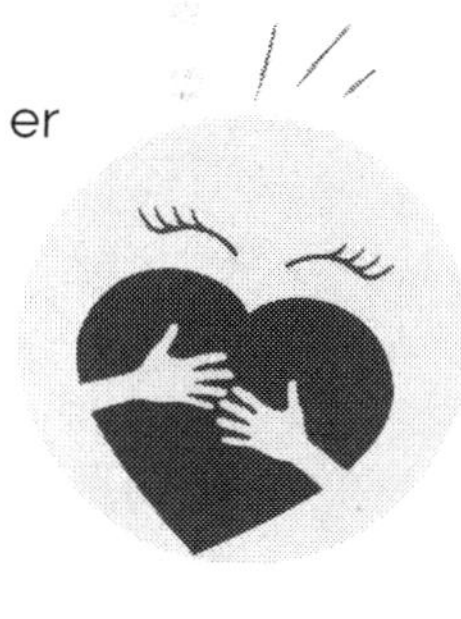

Mentale Gesundheit – weg mit dem Stress

Wissenschaftler der Universität Michigan konnten einen Zusammenhang zwischen körperlicher Ertüchtigung und persönlicher Zufriedenheit beweisen. Demnach reicht bereits ein wöchentliches Training aus, um das Glücksempfinden zu stärken. Außerdem ist Bewegung eine gute Möglichkeit, um Stresshormone abzubauen.

Mit Düften entspannen

Durch das Riechen von Rosenöl oder anderen ätherischen Ölen ist es möglich, die Herzfrequenz und den Blutdruck zu senken. Deshalb haben sich spezielle Aromatherapien etabliert, weil bestimmte Düfte die Produktion von Stresshormonen im Körper reduzieren können. Spezielle Aromen helfen dabei, das Wohlbefinden zu verbessern und Stress zu mindern.

Wenn Hormone Langeweile vertreiben

Unser Körper ist in der Lage, Langeweile zu verjagen, indem er uns dazu bringt, uns zu bewegen und zu beschäftigen. Der Organismus produziert unter anderem das Hormon Dopamin. Das sorgt dafür, dass wir uns auf angenehme Aktivitäten konzentrieren. Das Glückshormon Dopamin ist verantwortlich für unsere Antriebskraft. Sobald wir etwas Schönes erleben wie zum Beispiel den Sieg beim Fußballspiel, bekommen wir einen Dopaminschub.

Wenn Tiere Menschen helfen

Menschen, die regelmäßig Tiere streicheln, weisen einen niedrigeren Blutdruck und eine geringere Herzfrequenz auf. Dabei verschwindet Stress wie im Flug und ein angenehmes Gefühl macht sich breit. Tiere können auch helfen, Einsamkeit und Depressionen zu reduzieren sowie das mentale Wohlbefinden zu verbessern. Es gibt Therapietiere, die Einrichtungen wie Krankenhäuser, Altenheime und Schulen besuchen. Meist handelt es sich bei Therapietieren um Hunde, aber auch Minipferde oder Alpakas bereiten den Menschen viel Freude.

Hinein ins Büchlein

Die Wissenschaft beschäftigt sich immer mehr mit dem Thema, was Menschen psychisch gesund hält. Dabei fanden Forscher heraus, dass das Schreiben eines Dankbarkeitstagebuches eine positive Wirkung auf die Gesundheit haben kann. Dafür reicht es aus, am Ende des Tages ein paar schöne Momente niederzuschreiben. Die freundlichen Worte des Lehrers, das leckere Essen am Abend oder das Umhertollen mit dem Hund – all diese vermeintlich kleinen Alltagsfreuden können große Dankbarkeit auslösen. Der Akt des Aufschreibens bringt die positiven Momente aufs Papier und verstärkt das angenehme Gefühl.

GEFÜHLE & GEDANKEN

VERSTAND UND EMOTIONEN IN AKTION

Wenn Gedanken abschweifen

Unsere Gedanken bleiben oft nicht bei der Sache. Ungefähr 30 Prozent der Zeit geben wir uns Tagträumen hin. Besonders dann, wenn langweilige Tätigkeiten anstehen, gehen die Gedanken bis zu 70 Prozent der Zeit auf Wanderschaft. Eintönige Unterrichtsinhalte rauschen oft ohne Lerneffekt vorbei, denn gedanklich sind wir wo anders. Dagegen bleibt unsere Konzentration an einem Thema kleben, welches interessant erscheint und zum interaktiven Mitmachen anregt.

Erinnerungen – Fitmacher für die Zukunft

Das Erinnerungsvermögen hat aus Sicht der Wissenschaft vor allem diese Funktion: das Optimieren von Entscheidungen und Handlungen. Kurz gesagt soll uns das Erinnern helfen, aus vergangenen Fehlern zu lernen. Fehler gehören zum Leben dazu wie die Luft zum Atmen und sind etwas völlig Normales. Dann weiß man eben, wie etwas nicht funktioniert und kann es ändern. Allerdings bleibt nicht jede Erfahrung im Gedächtnis. Je stärker ein Ereignis mit Emotionen wie zum Beispiel Freude oder Angst verknüpft ist, umso höher ist die Chance, dass wir uns lange daran erinnern.

Plan B verdrängt Plan A

Oft erhalten wir den Ratschlag, immer einen Plan B parat zu haben, falls Plan A nicht funktioniert. Das kann zum Beispiel beim Thema Berufswahl sein: Der Traumberuf ist Polizist. Um am Ende nicht ohne Beruf dazustehen, bemüht sich der Schüler auch um andere Ausbildungsstellen, für die er sich weniger interessiert. Dieses nachvollziehbare Vorgehen zieht jedoch Aufmerksamkeit und Energie von Plan A ab (Polizist werden). Deshalb ist die Wahrscheinlichkeit mit einem Plan B geringer, dass Plan A eintritt. Natürlich macht es Sinn, vorausschauend zu denken. Dennoch ist es erfolgsversprechender, wenn man sich einzig und allein auf Plan A konzentriert.

Jemandem etwas Gutes tun

Wenn uns jemand etwas Schönes gibt, tendieren wir dazu, einen Gefallen zu erwidern. Das steht nicht nur mit gutem Benehmen im Zusammenhang, denn in uns sind bestimmte Mechanismen verankert: Wir helfen gerne jemandem, der uns geholfen hat. Damit das soziale Miteinander reibungslos und angenehm abläuft, hat sich die gegenseitige Unterstützung im Laufe der Jahrtausende etabliert. Dieses Prinzip haben Unternehmen seit Langem erkannt. Mit kostenlosen Angeboten locken Firmen potenzielle Kunden an, in der Hoffnung, dass die Beschenkten ein Produkt beziehungsweise eine Dienstleistung kaufen.

Schöne Erlebnisse vs. negative Erfahrungen

Unsere Gedanken halten häufig mehr an negativen Erfahrungen fest als an schönen Dingen. Das Gehirn erinnert sich eher an das Schlechte als an das Gute. Wissenschaftler bezeichnen das als Negativitäts-Bias. Deshalb gehen Forscher davon aus, dass eine einzige negative Sache nur durch mindestens 5 positive Dinge aufgewogen werden kann. In frühen Zeiten war es für Menschen wesentlich, die Konzentration auf unangenehme Situationen zu richten. Die Flucht vor dem Säbelzahntiger war wichtiger als das Betrachten der schönen Blümchen am Wegesrand. Der Effekt hat sich bis heute nicht geändert, denn unser Verstand sieht eher negative Dinge, um eine Lösung dafür zu kreieren. Dennoch sind wir dem nicht ausgeliefert, da unser Verstand dazulernen kann. Wer versucht und übt, die guten Dinge des Lebens zu sehen, schwächt den Negativitätsfokus enorm ab.

Das ansteckende Gähnen

Warum gähnt man oft automatisch, wenn die andere Person gähnt? Darüber gibt es mehrere Theorien. Eine der wichtigsten besagt, dass wir mit dem spiegelnden Verhalten unbewusst eine Verbindung zum anderen herstellen wollen. Wir zeigen damit Empathie und die Bereitschaft, Kontakt aufzubauen. Menschen, die weniger einfühlsam sind, erwidern das Gähnen seltener.

Anfang und Ende

Das, was wir am Anfang oder am Ende wahrnehmen, merken wir uns leichter als die Infos in der Mitte. Wenn man Menschen auffordert, sich an Elemente einer Liste zu erinnern, denken sie am ehesten an Punkte, die am Anfang oder am Ende stehen. Der Mittelteil wird häufig durcheinandergebracht. Darum bleibt der erste sowie der letzte Eindruck eines Gespräches beziehungsweise einer Person oft gut im Gedächtnis.

Regelbruch durch strenge Vorgaben

Wenn ein Mensch strenge Regeln befolgen muss, verstößt dieser oft gegen Anweisungen. Psychologen fanden heraus, wie das sogenannte Reaktanz-Phänomen die Wahrnehmung von Regeln beeinflusst. Von Natur aus hat der Mensch das Bedürfnis nach Freiheit. Existieren zu starre und zu viele Regeln, tendieren viele Menschen dazu, weitere Vorgaben zu missachten. Sobald wir uns jedoch angenommen, verstanden und wertgeschätzt fühlen, sind wir viel eher bereit, Regeln anzunehmen.

Unser Lieblingsthema sind wir selbst

Laut verschiedener Studien werden bestimmte Belohnungszentren im Gehirn aktiv, wenn wir über uns selbst sprechen. Deshalb bekommen wir ein gutes Gefühl, sobald wir mit Freunden über unsere Erlebnisse und Sorgen reden. Die Bereiche im Hirn leuchten weniger auf, wenn wir über andere sprechen. Menschen, die viel über ihr Leben sprechen, brauchen oft besonders viel Zuspruch und Aufmerksamkeit, um sich wohl und verstanden zu fühlen.

Multitasking – die überschätzte Fähigkeit

Wir sind nicht gut darin, mehrere Dinge auf einmal zu erledigen. Viele nehmen an, deutlich schneller arbeiten zu können, sobald sie Tätigkeiten kombinieren. Forschungen zeigen, dass man beim Multitasking in Wirklichkeit schnell zwischen mehreren Aufgaben hin- und herwechselt. Häufig wird sogar mehr Zeit dafür benötigt, als wenn man die Dinge nacheinander erledigen würde. Richtig konzentrieren können sich die meisten Menschen eben nur auf eine Tätigkeit. Gleichzeitig durch Instagram scrollen und nebenbei Hausaufgaben machen? Das geht gewiss schief oder du brauchst ewig, um mit dem Schulkram fertig zu werden.

Einsamkeit macht krank

Alleinsein kann schön sein. Einsamkeit ist etwas anderes, denn einsame Menschen fühlen sich nicht nur allein, sondern ihnen fehlen stabile Beziehungen und soziale Kontakte. Wer Einsamkeit spürt, vermisst das Gefühl der Anerkennung und Zugehörigkeit. Dauerhafte Isolation ist schlecht für unsere Gesundheit. Dieses Gefühl erzeugt auf Dauer ähnliche Schmerzen wie eine körperliche Verletzung. Daher verarbeitet das Gehirn Einsamkeit genauso wie körperlichen Schmerz.

Die Liebe zur Musik

Wir sind darauf programmiert, dauerhaft die Musik zu mögen, die wir während der Schulzeit am meisten gehört haben. Musik, die wir lieben, bringt uns einen Extraschub an glücklich machenden Hormonen. Im Schulalter zeigt sich dieser Effekt besonders stark, weil sich das Gehirn in diesem Zeitraum stark entwickelt. Zwischen dem 12. und 22. Lebensjahr neigen wir dazu, musikalische Vorlieben festzuhalten.

Glück und Geld

Geld kann glücklich machen, aber nur bis zu einem bestimmten Punkt. Eigentlich streben Menschen nicht nach Geld, sondern nach den Dingen, die man mit dem Tauschmittel tun oder kaufen kann. Verschiedene Studien belegen, dass Menschen einen Punkt erreichen, an dem Geld nichts mehr zum Glücksempfinden beiträgt. Was wichtig für Zufriedenheit ist: Die Existenzgrundlage muss finanziell gesichert sein. Aber wer viel Geld verdient, ist nicht unbedingt glücklich. Bei einigen vermögenden Menschen geht das Glücksgefühl verloren. Häufig machen sie die Erfahrung, dass man mit Geld die wichtigen Dinge wie Freunde, Gesundheit und Lebensfreude nicht kaufen kann.

Die spiegelnden Gefühle

Die Stimmung anderer Menschen beeinflusst uns unbewusst. Dieses Phänomen nennen Experten emotionale Ansteckung. Dabei handelt es sich um einen natürlichen Prozess, für den die im Gehirn befindlichen Spiegelneuronen verantwortlich sind. So ist es möglich, dass wir die Emotionen anderer Personen erkennen und nachempfinden können. Deshalb fühlen wir uns wohl, wenn ein Freund mit guter Laune hereinspaziert kommt.

Die wilde Handschrift

Menschen mit einer unleserlichen Handschrift neigen dazu, überdurchschnittlich intelligent zu sein. Der Grund: Die geistigen Fähigkeiten sind oft stärker ausgeprägt als die körperlichen. Deshalb kann die Hand nicht mit der rasanten Schnelligkeit des Verstandes Schritt halten. Leider können Lehrer nur das bewerten, was sie lesen können. Infolgedessen gibt es oft ein paar Punkte Abzug und die schlechtere Note. Demnach sagen Schulnoten nicht in jedem Fall etwas über unsere geistigen Fähigkeiten aus.

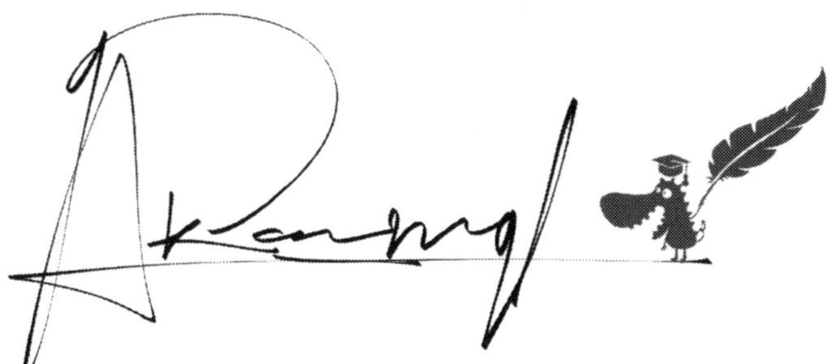

Der wahre Charakter

Den Charakter eines Menschen erkennt man gut in besonderen Situationen. Wie geht die Person mit anderen um, die nichts zurückgeben können? Wie reagiert der Mensch auf andere, von denen er keinen großen Nutzen hat? Beispiel: Wenn jemand unfreundlich mit dem Kellner im Restaurant umgeht, aber mit dem Chef stets höflich spricht, erfährt man vieles über die wahren Charakterzüge des Menschen. Durch Beobachten der Handlungen erfährst du tausendmal mehr als durch Worte, die dir jemand sagt.

Um Hilfe bitten – die besondere Stärke

Einige Menschen trauen sich nicht, nach Hilfe zu fragen. Sie verbinden das mit Schwäche und haben Angst vor Ablehnung. Doch genau das Gegenteil ist der Fall. Grundsätzlich lieben es Menschen, andere zu unterstützen. Das ist von Natur aus in uns angelegt. Keiner muss allein durch schwierige Situationen gehen. Wir wirken sogar sympathischer, wenn wir jemanden bitten, uns einen Gefallen zu tun. Wissenschaftler nennen das Phänomen den Benjamin-Franklin-Effekt. Dieser funktioniert so: Unbewusst versuchen wir immer, unser Verhalten zu begründen. So auch, wenn wir der Person einen Gefallen tun. Unser Unterbewusstsein verknüpft das folgendermaßen: Warum helfe ich der Person? Bestimmt, weil ich sie mag. Deshalb wächst die Sympathie und stärkt die zwischenmenschliche Beziehung.

Das rastlose Gehirn

Das Gehirn produziert jeden Tag etwa 50.000 Gedanken. Das bedeutet, dass wir in einem Jahr mehr als 18 Millionen Gedanken denken. Die Maschine in unserem Kopf steht selten still. Das Hirn ist in der Lage, in einer Minute mehr Impulse zu schaffen als es Atome im gesamten Universum gibt. Kein Computer weltweit erreicht das, zu dem unser Verstand fähig ist. Dennoch nutzen wir nur einen kleinen Teil der Leistungsfähigkeit aus.

Lernen hört niemals auf

Noch vor wenigen Jahrzehnten ging die Wissenschaft davon aus, dass man bestimmte Verhaltensweisen und Gedankenmuster von klein auf beibehält. Forscher begründeten die These damit, dass die Verbindungen im Gehirn im Kindesalter verknüpft werden und unveränderlich bleiben. Diese Annahme war falsch. Jeder Mensch kann sich ein Leben lang neue Dinge aneignen und eingefahrene Verhaltensmuster ändern. Neue Gedanken, Übungen und Wiederholungen verändern die neuronalen Verbindungen im Hirn. Die Folge: Wir lernen immer weiter, wenn wir das wollen.

Die Macht der Worte

Menschen neigen dazu, Dinge zu glauben, die sie selbst am häufigsten denken und erzählen. Wenn wir uns also immer wieder sagen, dass wir etwas nicht können, wird unser Unterbewusstsein dies als Wahrheit akzeptieren. So hindern wir uns daran, uns zu verbessern. Das funktioniert auch umgekehrt. Sobald wir uns selbst stärken und gut über uns beziehungsweise unsere Fähigkeiten reden, erreichen wir unsere Ziele viel einfacher. Worte und Gedanken sind enorm kraftvoll.

FREUNDSCHAFT & FAMILIE

VON SCHRILLEN BABYTÖNEN UND EINZIGARTIGEN FREUNDSCHAFTEN

Freundschaft vertreibt Stress

Einsamkeit kann genauso krank machen wie der Griff zu Zigaretten. Deshalb ist es nicht verwunderlich, dass gute Freundschaften viel zum Wohlbefinden beitragen. Wir kommen besser durch stressige Zeiten, wenn wir Freunde haben, die für uns da sind. Dazu gibt es eine interessante Studie aus Kanada. Für diese Studie wurden 25.000 Teilnehmer befragt. Diejenigen, die Freundschaften pflegten, zeigten deutlich weniger Stresssymptome als Studienteilnehmer ohne Freunde. Dabei ist es nicht wichtig, viele Freunde zu haben, sondern es reicht sogar ein vertrauter Mensch.

Freunde fürs Leben

Freundschaften, die zwischen dem 16. und 28. Lebensjahr entstehen, sind mit großer Wahrscheinlichkeit langlebig und robust. Obwohl es dafür keinen wissenschaftlichen Beweis gibt, zeigt die Erfahrung, dass in dieser Altersspanne Menschen aufeinandertreffen, die sich so schnell nicht mehr aus den Augen verlieren.

Wenn Freunde zur Familie gehören

Viele Menschen sehen enge Freunde als Teil ihrer Familie. Manche bezeichnen ihre besten Freunde sogar als Geschwister. Sie haben vertraute Beziehungen zu ihnen, oft sogar enger als zu ihren eigenen Verwandten. Dann teilen sie Erinnerungen und Erfahrungen, die sie für ein Leben lang verbinden. Es zeigt, dass Familie nicht immer nur durch Blutsverwandtschaft definiert werden muss. Auch Menschen, die uns unterstützen und nahestehen, können zum Familienkreis dazugehören.

Tierisch gute Freundschaften

Es gibt viele Beispiele für außergewöhnliche Freundschaften in der Natur und in Zoos. Eine berühmte Freundschaft ist die zwischen Owen, einem Gorilla und Mzee, einer Schildkröte. Beide lebten im Haller Park in Kenia. Mzee und Owen haben sich gefunden, als Owen noch ganz klein war und von seiner Familie verstoßen wurde. Die Schildkröte hat das Gorilla-Baby gepflegt und beschützt, sodass die beiden eine enge Freundschaft aufbauten. Ein anderes Beispiel ist die Freundschaft zwischen dem Bären Bruno und dem Löwen Christian. Die beiden lebten im Münchner Tierpark Hellabrunn. Der Bär und der Löwe passten aufeinander auf und ließen sich nicht aus den Augen. Sie tollten umher und pflegten sich gegenseitig.

Freundschaften 2.0

Nie in der Geschichte der Menschheit war es so einfach, weltweit Kontakt zu anderen Menschen herzustellen. Aufgrund der digitalen Möglichkeiten und sozialen Netzwerke wie Instagram oder TikTok verändern sich menschliche Beziehungen. Viele haben online eine fast endlose Liste von virtuellen Freunden. Forscher zweifeln allerdings an der Intensität und Echtheit dieser Beziehungen. Wirklich nah kann man sich nur im realen Leben sein – so sieht das die Wissenschaft. Der Grund: Das Internet lädt dazu ein, nicht immer ehrlich über Gefühle und Gedanken zu sprechen. Der Kontakt bleibt häufig oberflächlich. Doch die Onlinewelt bietet auch viele Chancen. Beispielsweise können wir weltweit mit Freunden kommunizieren, die wir ansonsten aus den Augen verlieren würden. Es gibt demnach immer Vor- sowie Nachteile. Wo Sonne ist, befindet sich eben auch Schatten.

Viel Drama um Nichts

Soziale Medien bieten viel Potenzial für Konflikte. In einer Umfrage gaben fast 70 Prozent der Jugendlichen an, ein Online-Drama mit Freunden erlebt zu haben. Viele stritten mit einem Freund über etwas, was online oder per Textnachricht mitgeteilt wurde. Oft stellte sich der Konflikt als ein Missverständnis heraus. Im persönlichen Gespräch wäre es nicht so weit gekommen, da der Austausch viel klarer stattfindet und Raum für wirkliche Nähe da ist. Ein ehrliches, wertschätzendes Gespräch hilft – immer.

Auch Freundeskreise haben ihre Grenzen

Je älter wir werden, desto größer die Anzahl der engen Freunde. Klingt logisch, stimmt aber nicht. Im Laufe des Lebens wächst der Freundeskreis nicht. Verschiedene Studien belegen, dass die Anzahl der Freunde gleichgroß bleibt. Manche Freundschaften enden und neue entstehen. Mehr als 1 bis 2 beste Freunde und höchstens 5 wirklich enge Freunde hat kaum jemand. Die Qualität der Beziehungen ist für das Wohlbefinden wichtiger als die Anzahl der Freunde.

Wenn der Zufall Freundschaften herbeizaubert

Freundschaften entstehen oft durch zufällige Ereignisse. Beispielsweise kann die Sitzordnung in der Schule die Entwicklung von Freundschaften beeinflussen. Personen, die zufällig nebeneinandersitzen, sind ein Jahr später stärker miteinander befreundet als Schüler, die nicht nebeneinandersitzen. Wissenschaftler fanden heraus, dass wir Menschen oft positiv wahrnehmen, wenn sie sich häufig in unmittelbarer Nähe befinden.

Die laute Babysprache

Babys können bis zu 120 Dezibel schreien. Bei 120 Dezibel erreichen Geräusche die Schmerzgrenze für unsere Ohren. Auch eine Kettensäge oder ein Presslufthammer bringen 120 Dezibel zustande. Die Natur hat das bei den Kleinen clever eingerichtet, denn Babys brauchen die volle Aufmerksamkeit der Eltern. Die Kleinen melden sich meist lautstark, wenn sie Hunger haben, müde sind, der Bauch drückt oder die Windel voll ist.

Die beste Einschlafhilfe

Viele kleine Kinder haben Probleme mit dem Einschlafen. Sie kullern im Bettchen umher und finden trotz Müdigkeit nicht in den Schlaf. Sobald der Sprössling jedoch im Auto sitzt, gleitet er im Nullkommanichts ins Traumland. Warum ist das so? Das Geheimnis liegt im Ruckeln sowie im schnurrenden Motor. Das Auto gibt ein angenehmes monotones Geräusch von sich, das jedes Baby sanft in den Schlaf führt.

Die außergewöhnliche Mama-Fähigkeit

Mütter haben die Superkraft, ihre Kinder in einer riesigen Menschenmenge zu erkennen, selbst wenn sie in einer Gruppe von tausenden von Menschen sind. Dies wird oft als Mutter-Radar bezeichnet. Das lässt sich auf die besondere Verbindung zwischen Mutter und Kind zurückführen. Viele Mamas berichten zudem, dass sie spüren können, wie sich das Kind fühlt, wenn es nicht in der Nähe ist. Eine wissenschaftliche Erklärung gibt es dafür (noch) nicht, aber dennoch existiert dieses Phänomen.

Wenn Paris nach Paris reist

Manche Eltern benennen ihre Kinder nach Städten oder Ländern. Sie wählen Namen von Orten, die sie besucht oder die eine besondere Bedeutung für sie haben. Dazu zählen zum Beispiel Namen wie Rio, Paris oder Brooklyn. Besonders Eltern, die freiheitsliebend, kreativ und reiselustig sind, suchen einen eher ungewöhnlichen Namen aus. In Deutschland existieren sonderbare Ortsnamen wie beispielsweise Aua, Grünkraut, Lieblos, Lederhose, Schabernack und Regenmantel. Allerdings bestehen gewisse Regeln, die solche Namen verbieten.

Liebe kennt keine Grenzen

Es gibt Menschen, die sich für eine polygame Lebensweise entscheiden. Polygamie bedeutet, dass Menschen mehrere Partner lieben und das Leben gemeinsam gestalten. In manchen Kulturen ist diese Lebensweise akzeptiert, während sie in anderen Ländern und Regionen verboten ist. In Deutschland wählen immer mehr Menschen eine polygame Familienstruktur. Als Grund für Polygamie geben Menschen meist an, dass sie mehrere Menschen gleichzeitig lieben und die empfundene Liebe nicht einschränken möchten. Wenn alle Partner so empfinden, steht dem Glück nichts im Wege.

Mama und Papa oder Anne und Peter

In manchen Kulturen ist es traditionell verankert, dass Teenager ihre Eltern nicht mehr Mama und Papa nennen. Der Nachwuchs redet die Eltern mit Vornamen an, sobald die Kinder in die Pubertät kommen. Dies symbolisiert das Erwachsenwerden des Kindes. Die Tradition besteht vor allem in den USA, Kanada und Australien. In Deutschland ist es in einigen Familien völlig normal, dass Kinder ihre Eltern von Anfang an mit Namen ansprechen. Die meisten sagen zu ihren Eltern jedoch Mama und Papa.

Wenn Familien sich beim Schlafen beobachten

In einigen Ländern schauen sich Familienmitglieder gegenseitig beim Schlafen zu. Dieses Ritual wird als Zeichen der Fürsorge und Liebe betrachtet. In Teilen Afrikas und Asiens ist es sogar üblich, dass Eltern und Kinder bis ins Erwachsenenalter im selben Bett schlafen. Die Familien sehen das als Ausdruck einer engen Bindung. In westlichen Ländern ist das gemeinsame Schlafen eher die Ausnahme. Hier gibt es kein Falsch oder Richtig, denn das Wichtigste ist, dass sich alle Familienmitglieder wohlfühlen.

Eine tierische Familienbande

Auch in der Tierwelt existieren unterschiedliche Familienstrukturen. Zum Beispiel leben Meerkatzen in familiären Gruppen, in denen es eine klare Hierarchie mit einem Alphapärchen gibt. Das Alphapärchen hat demnach die Führung. Elefanten leben ebenfalls in Familien. Eine ältere Elefantendame fungiert dabei als Anführerin und Beschützerin der Gruppe. Papageien bleiben mit ihrem Partner ein Leben lang zusammen. Es gibt auch Fälle, in denen Papageien ihrem Partner sogar nach deren Tod treu bleiben und nie wieder eine neue Bindung eingehen.

Geschwister streiten ständig

Jeder kennt das Vorurteil von den sich ewig streitenden Geschwistern. Und da ist tatsächlich etwas dran. US-amerikanische Forscher stellten fest, dass 3- bis 7-Jährige ungefähr 3-mal stündlich aneinandergeraten. Sobald die Geschwister älter werden und jeder einen eigenen Freundeskreis hat, nehmen die Konflikte ab.

ERNÄHRUNG & DELIKATESSEN

ERSTAUNLICHE FAKTEN AUS ALLER WELT

Kaffee und Katzenkot – der teuerste Kaffee der Welt

Kopi Luwak ist der teuerste Kaffee weltweit. Der Herstellungsprozess hört sich weniger schmackhaft an, aber das Ergebnis scheint herausragend zu sein. Um das hochwertige Getränk zu produzieren, werden Kaffeebohnen an Schleichkatzen verfüttert. Im Verdauungstrakt der Katzen bilden sich Bitterstoffe. Einmal durch den Katzendarm gewandert, gelangen die Bohnen fast unversehrt nach draußen und werden weiterverarbeitet. Jetzt besitzen die Kaffeebohnen ein unverwechselbares Aroma.

Die feige Frucht

Zu den ältesten Früchten der Welt gehört die Feige, denn diese gibt es bereits seit mehr als 11.000 Jahren. Manche streiten sich darüber, ob die Feige vegan ist oder nicht. Viele Menschen gehen davon aus, dass es sich auf keinen Fall um ein tierisches Produkt handelt, aber einige sehen das anders. Der Grund: Zum Bestäuben fliegen die Weibchen einer Wespenart in die Blüten der Feigenbäume. Dort sterben und verbleiben die Tiere, weil sie nicht wieder herauskommen. Wenn sich aus der Blüte eine Feige entwickelt, wird die Wespe durch Enzyme zersetzt.

Der uralte Honig

Sofern Honig richtig gelagert wird, kann er nicht schlecht werden. Das süße Lebensmittel enthält kaum Wasser. Der Zucker und die Enzyme im Honig töten außerdem Mikroorgansimen ab. Tatsächlich haben Archäologen schon Honigbehälter gefunden, deren dreitausendjähriger Inhalt noch unversehrt war. Nur geschmeckt hat er nicht mehr, weil das Aroma verschwunden war.

Schoki – die wertvolle Währung

Schokolade war früher ein kostbares Tauschmittel. Heutzutage ist Schokolade in erster Linie eine leckere Nascherei, der fast niemand widerstehen kann. In vergangenen Zeiten war die Kakaobohne besonders kostbar und deshalb eine wichtige Währung. Insbesondere die Maya nutzten die Kakaobohne als Zahlungsmittel. Übrigens waren es auch die Maya, die aus der Kakaobohne ein besonderes Getränk zubereiteten, welches Krieger und Adelige bekamen. Es ging als Xocoatl in die Geschichte ein.

Traumberuf für Naschkatzen

Rascheln, knistern, knacken, ploppen – wie Kekse, Würstchen, Schokolade und Chips klingen, überlässt der Hersteller nicht dem Zufall. Spezielle Sounddesigner tüfteln den ganzen Tag daran, das perfekte Geräusch für das jeweilige Lebensmittel zu kreieren. Das beginnt beim Öffnen der Verpackung bis hin zum Biss in die Nahrung. Die Akustik soll die wichtigsten Produkteigenschaften über das Ohr vermitteln.

Die Beere, die keine Beere ist

Erdbeeren sind keine Beeren. Obwohl das die Lieblingsbeere der Deutschen ist, gehört die Erdbeere zu den Rosengewächsen. Mittlerweile wachsen weltweit rund 600 verschiedene Sorten. Dabei sind nicht alle köstlich rot, denn es gibt viele andere Farben. Doch das haben sie alle gemeinsam: Sie sind wahre Vitamin C-Bomben. Demnach erreichen Erdbeeren einen höheren Vitamin-C-Gehalt als Orangen. Also gilt zur Erdbeerzeit: zugreifen und schmecken lassen.

Cola als Schmerzmittel

Der US-amerikanische Apotheker John Pemberton wurde im amerikanischen Bürgerkrieg verwundet und bekam gegen die Schmerzen Morphium verabreicht. Davon wurde er abhängig, sodass er sich das Ziel setzte, von der Droge loszukommen. Deshalb entwickelte er ein Schmerzmittel, das Alkohol und Kokain beinhaltete. 1886 entwickelte Pemberton eine alkoholfreie Variante und nannte das Getränk Coca-Cola. Heutzutage ist die genaue Rezeptur des erfolgreichen Getränks ein großes Geheimnis, aber Kokain wird ganz gewiss nicht mehr beigemischt.

Die leichte Cola light

Die Light-Variante bringt weniger Gewicht auf die Waage als das Original-Getränk in der gleichen Menge. Im Vergleich zur 0,33-Liter-Dose Coca-Cola, die 371 Gramm wiegt, kommt die gleiche Menge Cola light nur auf 357 Gramm. Das liegt an den Zutaten, denn während in einem Liter Cola mehr als 100 Gramm Zucker umherschwimmen, kommt auf die gleiche Menge Cola light nur etwa 120 Milligramm Aspartam (Süßstoff). Das zuckersüße, aber zuckerfreie Getränk ist sogar leichter als Wasser.

Restaurant gegen Fast-Food-Riesen

Die Fast-Food-Kette Burger King hat weltweit Filialen. Auch im US-Bundesstaat Illinois gibt es ein Restaurant mit dem Namen Burger King. Allerdings hat dieses Restaurant nichts mit dem Riesenunternehmen zu tun. Da sich das kleine Restaurant die Namensrechte eher schützen ließ, gewann der Eigentümer den Rechtsstreit mit der Burger-King-Kette. Bis heute darf das große Unternehmen dort keine Filialen im Umkreis von 30 Kilometern eröffnen.

McDrive und der holprige Anfang

Nachdem McDonalds den ersten McDrive in China eröffnete, war das System für viele Kunden ungewöhnlich und fremd. Deshalb holten Gäste ihr Essen am McDrive ab, parkten das Fahrzeug und verspeisten Burger & Co. im Restaurant. Es hat einige Zeit gedauert, bis die Gäste das Drive-in-System angenommen haben. Neue Ideen brauchen eben manchmal etwas Zeit, um ins Laufen zu kommen.

Die teuersten Gewürze der Welt

Neben Safran gehört Vanille zu den teuersten Gewürzen der Welt. Für ein Kilogramm der schwarzen Vanilleschote muss der Käufer mehr als 600 Dollar auf den Tisch blättern. Für Safran darf man noch tiefer in die Tasche greifen, denn der kostet bis zu 5.000 Dollar.

Ketchup – die exakte Fließgeschwindigkeit

Der Hersteller Heinz schickt die Ketchup-Flaschen durch eine strenge Qualitätskontrolle. Hierbei achten Mitarbeiter darauf, dass der Ketchup sich mit einer Geschwindigkeit von 450 Metern pro Stunde aus der Flasche bewegt. Sobald der Ketchup langsamer oder schneller aus der Flasche läuft, stimmt die Fließfähigkeit nicht. Dann wird das Produkt nicht verkauft.

Der undurchschaubare Gesetzes-Dschungel

Die Europäische Union schreibt vor, dass Eier vor dem Verkauf nicht gewaschen werden dürfen. Das soll dem Schutz vor Salmonellen dienen. In den USA ist es jedoch gesetzlich vorgegeben, Eier vor dem Verkauf zu waschen. Die Regelung wurde aus dem gleichen Grund eingeführt: Salmonellenschutz.

Friedhof der Eissorten

Das Unternehmen Ben & Jerry's besitzt auf dem eigenen Firmengelände einen symbolischen Friedhof für aussortierte Eissorten. Dort landen alle Sorten, die nicht erfolgreich waren. Damit möchte das Unternehmen seine Mitarbeiter inspirieren, weiterhin neue Ideen zu entwickeln, auch wenn einiges nicht funktioniert. Fehler sind Teil des Erfolges und genauso wichtig wie gelungene Konzepte, um voranzukommen.

Die versehentliche Erfindung

Den Teebeutel hat der Teehändler Thomas Sullivan Anfang des 20. Jahrhunderts unbeabsichtigt erfunden. Ursprünglich hatte Sullivan vor, eine kostengünstige Variante zum Versenden des losen Tees zu finden. Blechdosen waren ihm dafür zu teuer, sodass er kleine Seidenbeutel verwendete. Die Kunden packten den Tee nicht wie erwartet aus den Beutelchen aus, sondern tauchten diese einfach ins heiße Wasser. So ersparten sich die Teegenießer das Abgießen und Umfüllen des Tees. Eine erfolgreiche Idee war geboren – aus Versehen.

Her mit dem Junk-Food

Junk-Food kann süchtig machen. Mithilfe der modernen Wissenschaft können Unternehmen Lebensmittel produzieren, die unser Gehirn mit dem Glückshormon Dopamin überfluten. Das fühlt sich richtig gut an. Allerdings kann es dazu kommen, dass Menschen diese Nahrungsmittel übermäßig konsumieren, um den Glücksrausch beizubehalten. Das geht auf lange Sicht nicht gut. Alle extremen Dinge im Leben sind auf Dauer schädlich.

Schokolade für strahlende Haut

Schokolade ist gut für die Haut. Aber nur in bestimmten Fällen. Der Kakaogehalt muss möglichst hoch sein, um den positiven Effekt zu erzielen. Besonders dunkle Schokolade mit einem Kakaogehalt von mindestens 80 Prozent lässt die Haut strahlen. Kakao enthält wertvolle Antioxidantien, welche die Durchblutung verbessern. Für eine positive Wirkung ist es wichtig, die Leckerei in Maßen zu schlemmen.

Insekten – Delikatesse oder Nahrungstabu

Bestimmte Nahrungstabus sind rational nicht begründbar. Hierzulande ekeln sich viele davor, Insekten zu verspeisen. Trotzdem gelten Krabben und Garnelen, die zu den Gliederfüßern gehören, als Delikatesse. In Korea gehören frittierte Puppen des Seidenspinner-Schmetterlings zu den Köstlichkeiten der Einheimischen. Demnach ist das, was Ekel auslöst, stark an Prägungen, Gewohnheiten und Regionen geknüpft.

Auflösende Wasserflaschen

Auf jeder Wasserflasche muss ein Mindesthaltbarkeitsdatum (MHD) angegeben sein. Wasser kann dem Grunde nach nicht schlecht werden. Allerdings garantiert der Hersteller nach Ablauf des MHD keine einwandfreie Wasserqualität mehr. Das liegt daran, weil die Plastikflaschen nach Ablauf der Zeit möglicherweise Chemikalien an das Wasser abgeben.

Der erste essende Mensch im Weltall

John Glenn umkreiste 1962 als erster US-Amerikaner die Erde. Dieses Ereignis war schon spektakulär. Dennoch stellte Glenn einen weiteren Rekord auf, indem er als erster Mensch im Weltall Nahrung zu sich nahm. Er verspeiste Spaghetti mit Rindfleisch und zum Nachtisch gab es Apfelmus.

Saftige Apfelsinen in roten Beuteln

Oft werden Apfelsinen in roten Beuteln beziehungsweise Netzen verkauft. Das hat einen bestimmten Grund, denn durch diesen Trick sehen Apfelsinen noch leckerer und saftiger aus. Übrigens: Die Farbe Orange wurde nach der Frucht benannt, nicht andersrum. In einigen Sprachen existiert kein Wort für die Farbe Orange.

Süße Melone für saftigen Preis

Für den Genuss einer Yubari King Melone muss man tief ins Portemonnaie greifen. Die besondere Frucht wird in Japan für bis zu 45.000 US-Dollar verkauft. Sie gilt als eine der besten Melonen der Welt. Dafür wird das Kürbisgewächs sorgfältig gezüchtet und überwacht, um sicherzustellen, dass es perfekt rund, süß und saftig ist. Nach der Ernte werden die Melonen in spezielle Boxen gelegt und bei kontrollierter Temperatur gelagert. So bleiben die einzigartigen Früchte in einem einwandfreien Zustand. Vor allem Unternehmen und wohlhabende Menschen verschenken die Yubari King Melone, um ihre Wertschätzung und Dankbarkeit auszudrücken.

Eine Bierleitung im Wohnzimmer

Der Physiker Niels Bohr gewann den Nobelpreis. Daraufhin schenkte ihm die Carlsberg-Brauerei ein Haus neben der Brauerei inklusive einer Bier-Leitung. Die Leitung führte von der Brauerei direkt ins Haus. So konnte Niels Bohr bis an sein Lebensende kostenlos so viel Bier genießen, wie er wollte.

GLÜCK & WOHLBEFINDEN

VON TANZENDEN HORMONEN UND ERFOLGREICHEN MISSERFOLGEN

Thomas Edison und die Misserfolge

Wer optimistisch durchs Leben geht, akzeptiert Misserfolge schnell und kann gut mit Fehlern umgehen. Durch Fehlversuche realisieren wir, was funktioniert und was eben nicht. Menschen, die spielerisch und mit Freude Neues wagen, spüren meist eine tiefe Zufriedenheit. Der Erfinder der Glühbirne Thomas Edison griff mit seinen Experimenten um die 1.000-mal daneben, bevor sein Vorhaben funktionierte. Sein Motto während der Experimentierphase: „Ich bin nicht gescheitert, denn ich habe lediglich 1.000 Wege kennengelernt, wie man keine Glühbirne baut."

Das ansteckende Glück

Glücklichsein ist übertragbar. Forscher haben herausgefunden, dass das Wohlbefinden von Menschen in die Höhe schnellt, wenn sie glückliche Menschen um sich haben. Allerdings trifft dieser Fakt meist nur auf Freunde im realen Leben zu. Dagegen kann es unglücklich machen, wenn Menschen sich viel in sozialen Netzwerken wie Instagram & Co. aufhalten. Sobald man die vermeintlich perfekte Glitzerwelt der anderen sieht, vergleichen wir uns und fühlen uns schlecht. Der Vergleich ist das Tor zur Unzufriedenheit. Ein ehrlicher Austausch mit Menschen, die uns mögen und die wir mögen, ist einer der Schlüssel für ein harmonisches Leben.

Tierbabys sind Glücksbringer

Es ist wissenschaftlich nachgewiesen, dass niedliche Tierbabys Glücksgefühle auslösen. Dafür reicht auch das Anschauen von Fotos, um ein Glücksfeuerwerk zu zünden. Sobald der Blick auf Bilder fällt, schüttet der Körper die Hormone Serotonin und Dopamin aus. Wenn wir ein niedliches Tier streicheln, kommt noch ein weiteres Hormon zum Einsatz: Oxytocin. Das sogenannte Kuschelhormon drückt den Stress weg und senkt den Blutdruck.

Mehr Glück durch Erlebnisse

Wir sind dauerhaft glücklicher, wenn wir Geld für gemeinsame Erfahrungen und Aktivitäten ausgeben als für Gegenstände. Die stylischen Sneaker sind zwar toll, aber kurz nach dem Kauf fällt die Glückskurve wieder nach unten. Sobald wir jedoch mit unseren Lieblingsmenschen etwas unternehmen wie zum Beispiel ein Konzertbesuch, erinnern wir uns lange an die schönen Momente. Die wenigsten schwärmen nach Jahren von den damals getragenen Schuhen, sondern von Erlebnissen mit Familie und Freunden.

Das Schulfach Glück

Der Schulleiter einer Heidelberger Schule etablierte 2007 das Schulfach Glück. Auch andere Schulen übernehmen die Idee, allerdings sind es derzeit noch wenige. In anderen Ländern wie beispielsweise in Bhutan, Finnland oder Japan gehört das Thema Glück schon längst zum Schulalltag. Im Unterricht werden Themen wie Meditation, Empathie und Dankbarkeit behandelt, um Schüler dabei zu unterstützen, ein glückliches und erfülltes Leben zu führen.

Happy Food - Essen für die Seele

Essen macht glücklich, sofern wir zu den richtigen Lebensmitteln greifen. Zu den besonders glücklich machenden Nahrungsmitteln gehören zum Beispiel Bananen und Ananas. Das Obst enthält einen Stoff, der das Glückshormon Serotonin anstößt. Auch Schokolade besitzt Inhaltsstoffe, die uns ein Lächeln ins Gesicht zaubern. Allerdings ist hier das richtige Maß entscheidend, denn zu viel davon bewirkt das Gegenteil. Der Zucker in der Schokolade zieht bei übermäßigem Verzehr Energie aus unserem Körper. Andere Happy Foods sind Pfeffer und Chili. Je schärfer die Gewürze sind, umso mehr Endorphine schüttet unser Gehirn aus. Zum einen betäubt das den Schmerz und zum anderen steigt die Laune.

Farben beeinflussen Gefühle

Unser Hirn neigt dazu, bestimmte Farbtöne mit unterschiedlichen Gefühlen wie Trauer oder Freude zu assoziieren. Deshalb kann das Anschauen von Farben die Stimmungslage beeinflussen. Helle, leuchtende Farben rufen positive Gefühle hervor. Besonders die Farbe Gelb sorgt für bessere Stimmung. Es gibt sogar Therapien, in denen Farben eine besondere Rolle einnehmen. Bei der Farbtherapie (Chromotherapie) wird der Patient mit farbigem Licht bestrahlt, um körperliche und psychische Krankheiten zu heilen.

Der frühe Vogel ist am glücklichsten

Das US-Magazin Emotion veröffentlichte eine Studie, nach der Frühaufsteher glücklicher durch den Alltag gehen als Langschläfer. Der Grund: Die biologische Uhr der nachtaktiven Menschen ist nicht optimal mit den Anforderungen des Alltags synchronisiert. Allerdings ist die Voraussetzung, dass der Frühaufsteher ausreichend schläft. Wer 2 Uhr ins Bett fällt und 6 Uhr wieder aus den Kissen hüpft, taumelt eher schlechtgelaunt durch den Tag.

Heilende Musik

Musik verändert die Wahrnehmung der Gefühle. Freudige Lieder und angenehm empfundene Klänge erzeugen Freude und verbessern die Fähigkeit, Glück in den Gesichtern anderer zu erkennen. Musik kann auch die Heilung unterstützen. Musiktherapie hat positive Auswirkungen auf die körperliche und psychische Gesundheit. Sie kann helfen, Schmerzen zu lindern, Angst zu reduzieren und die körperliche Koordination zu verbessern.

Sport, der Glücksmacher

Bewegung steigert das Glücksgefühl. Experten sind sich einig, dass Sport die Produktion von stimmungserhellenden Hormonen wie Dopamin und Serotonin erhöht. Hierbei gilt es, das richtige Maß an Bewegung und eine passende Sportart zu finden. Wer es übertreibt oder einer Sportart nachgeht, die keinen Spaß bereitet, wird nicht glücklicher.

Dankbarkeit und Entdeckerfreude – das ideale Team

Im Wesentlichen brauchen wir diese 2 Zutaten, um ein harmonisches und zufriedenes Leben zu führen: Entdeckerfreude und Dankbarkeit. Wir sind von Natur aus mit Wissensdurst ausgestattet und wollen dazulernen sowie Erfahrungen sammeln. Gleichzeitig bringt uns das Gefühl der Dankbarkeit in eine großartige Stimmung. Wer zu schätzen weiß, was er bereits (erreicht) hat, spürt mehr Leichtigkeit und Lebensfreude. Manchmal geht das im Laufe des Lebens aus verschiedenen Gründen verloren, aber das kann man wieder lernen. Wer zum Beispiel aufschreibt, was den Tag über Schönes passiert ist (jede Kleinigkeit zählt), trainiert sein Gehirn auf Dankbarkeit.

Glück hält fit

Glücksgefühle verlängern das Leben und unterstützen die Gesundheit im hohen Maße. Viele wissenschaftliche Studien belegen, dass glückliche Menschen seltener erkranken und langsamer altern. Wer eine positive Einstellung hat, entscheidet sich oft für eine gesunde Lebensweise. Hier entsteht ein idealer Kreislauf, denn wenn Menschen gesunde Lebensmittel essen, sorgt die Nahrung wieder für mehr Energie und Wohlbefinden.

Jeden Tag eine gute Tat

Wer andere gerne unterstützt, bekommt eine Extra-Portion Glückshormone. Wenn man anderen Menschen Gutes tut, entsteht ein angenehmes Gefühl. In solchen Situationen setzt unser Körper Endorphine frei und das Belohnungssystem im Gehirn wird aktiviert. Hormone, die beim Helfen ausgeschüttet werden, boosten unsere Laune und schubsen das Stresshormon Kortisol zur Seite.

Glück – die schwammige Definition

Glück ist ein komplexer Begriff, der sich auf ein positives Gefühl von Wohlbefinden, Zufriedenheit und Erfüllung bezieht. Manche Menschen beschreiben Glück als ein Gefühl von Freude oder innerer Ruhe. Andere empfinden Glück als eine Art von Zufriedenheit in Bezug auf ihre Lebensumstände oder Beziehungen. Einige spüren Glücksmomente, wenn sie Reichtum und Bekanntheit erlangen, jedoch hält das Gefühl nur kurze Zeit an. Hollywood-Superstar Jim Carrey sagte einmal: „Ich wünschte, jeder würde reich und berühmt werden. So könnten alle erkennen, dass das nicht die Lösung ist." Geld verleiht eine gewisse Flexibilität und hilft dabei, ein unbeschwertes Leben zu führen. Aber tatsächliche Erfüllung findet nicht durch materiellen Besitz oder Ruhm statt.

Die Macht der Gedanken

Glücklichsein ist auch eine Frage des Blickwinkels. Es sind oft die kleinen Alltagsdinge, die uns glücklich machen: Der Scherz des Freundes, das Toben mit dem Bruder oder die freundlichen Worte der Bäckersfrau – wer sich diese Erlebnisse bewusst macht und den Fokus darauf lenkt, geht leichter und lebensfroher durch den Tag. Vor allem unsere Erwartungshaltung macht glücklich oder unglücklich: Wer sich für einen Pechvogel hält, wird wenig schöne Momente erleben. Anders die gefühlten Glückspilze: Ihre Einstellung zum Glück beschert ihnen mehr davon. Psychologen sprechen bei diesen Phänomenen von der Macht der Gedanken. Experten gehen davon aus, dass unsere Innenwelt (Gedanken & Gefühle) unsere äußere Welt enorm beeinflusst. Je positiver die Lebenseinstellung, umso mehr Gutes nehmen wir wahr.

Witzige Yogis

1995 erfand ein indischer Arzt etwas Besonderes: Lachyoga. Hierbei handelt es sich um ein Zusammenspiel aus Yogabewegungen und Lachübungen. Diese Kombination soll helfen, Stress abzubauen und das Wohlbefinden zu steigern. Lachyoga ist für viele ein großer Spaß und eine unkomplizierte Möglichkeit, den Alltagsstress zu vergessen und sich besser zu fühlen.

Der Zauber des Lächelns

Glückliche Menschen lächeln und lächelnde Menschen sind glücklich. Studien haben gezeigt, dass selbst ein unechtes Lächeln Glücksgefühle auslösen kann. Der Grund: Das Gehirn erhält beim Verziehen des Mundes bestimmte Signale. Unser Verstand kombiniert in Windeseile, dass wir also glücklich sein müssen. Daraufhin schüttet das Hirn Glückshormone wie Dopamin, Serotonin und Noradrenalin aus.

Tanzen ist Träumen mit den Beinen

Tanzen macht glücklich. Sobald wir das Tanzbein schwingen, werden zahlreiche stimmungssteigernde Botenstoffe ausgeschüttet. Der Tanzstil ist vollkommen egal. Wenn du einen Glückskick brauchst, dann spiele deinen Lieblingssong ab und bring deinen Körper in Bewegung. Das geht wunderbar allein, aber mit Freunden macht es natürlich mehr Spaß. Wer zusätzlich mitsingt, lockt noch mehr Glücksgefühle hervor.

Die wahren Glücksauslöser

Zu den wichtigsten Glücksfaktoren zählen Gesundheit, liebevolle zwischenmenschliche Beziehungen, soziales Engagement, gesellschaftlicher Zusammenhalt und einen Sinn im Leben zu haben. Hinzu kommt die gefühlte Freiheit, sein Leben selbst gestalten zu können.

ERFOLG & REICHTUM

INSPIRIERENDE FAKTEN ZUM STAUNEN

Der Schatz in den Bergen

Der US-amerikanische Kunsthändler Forrest Fenn versteckte einen Schatz in den Rocky Mountains, der einen Wert von etwa 2 Millionen Dollar hatte. Der Schatz bestand aus Goldstücken, besonderen Münzen und Schmuck. Daraufhin gab er bekannt, dass der Finder diese Kostbarkeiten behalten darf. Hinweise zur Schatzsuche lieferte ein Gedicht, das Fenn selbst verfasst hatte. Mehr als 250.000 Schatzsucher machten sich auf den Weg, doch 10 Jahre lang konnte niemand den Schatz finden. Schließlich gab der Kunsthändler im Sommer 2020 bekannt, dass ein Mann den Schatz geborgen hat.

Der Harry Potter-Schatz

Die Autorin J. K. Rowling war der erste Mensch weltweit, der durch den Verkauf von Büchern zum Milliardär wurde. Mittlerweile ist sie keine Milliardärin mehr, da sie einen großen Teil ihres Vermögens spendete. Der Erfolg von Harry Potter kam ganz und gar nicht über Nacht, denn J. K. Rowling bekam mehrere Jahre nur Absagen. Sie hielt an ihrem Traum fest und blieb am Ball. Zahlreiche Verlage lehnten ihr Manuskript ab, bevor es irgendwann endlich veröffentlicht wurde. Dieser Fakt zeigt, dass Erfolg oft das Ergebnis von Durchhaltevermögen und Beharrlichkeit ist.

Der kürzeste Roman aller Zeiten

Der berühmte Schriftsteller Ernest Hemingway gewann einen Wettbewerb, bei dem es darum ging, den Roman so kurz wie möglich zu halten. Dieser Text faszinierte die Juroren: „Es war einmal. Es war nicht einmal." Manchmal kann weniger mehr sein. Oft haben prägnante und kurze Botschaften eine weitaus stärkere Wirkung als überschwängliche Beschreibungen. Es kommt nicht immer darauf an, möglichst viel zu tun, sondern das Richtige zu machen.

Die Kraft der Worte

Der Komiker und Schauspieler Jim Carrey ließ sich auf einen besonderen Vertrag ein. Er verpflichtete sich, jeden Tag folgenden Satz aufzuschreiben: „Ich bin erfolgreich und glücklich." Er hat das jeden Tag und 5 Jahre lang gemacht, bevor er endlich seinen großen Durchbruch als Schauspieler hatte. Diese Geschichte zeigt, dass positive Worte, Gedanken und Visualisierungen eine große Rolle beim Erreichen von Zielen spielen.

Die Stadt mit den meisten Millionären

Während der Wirtschaftskrise in den 20er und 30er Jahren empfahl der Bankangestellte Pat Munroe seinen Kunden der Stadt Quincy in Florida, Aktien des Getränkeherstellers Coca-Cola zu kaufen. Damals war diese Marke noch unbekannt. Viele Kunden vertrauten ihm und griffen zu. In den nächsten Jahren stieg der Aktienkurs so stark an, dass unzählige Menschen in kürzester Zeit Millionäre wurden. Dadurch stieg Quincy damals zu eine der reichsten Städte der USA auf.

Goldregen durch Begeisterung und Leidenschaft

Die meisten erfolgreichen Menschen geben folgenden Rat: Du kannst nur in etwas wirklich erfolgreich werden, wenn du diese Sache liebst. Wer nur zum Ziel hat, Geld zu scheffeln, bleibt erfolglos oder der Ruhm ist von kurzer Dauer. Wer stattdessen Dinge mit Leidenschaft und Freude verfolgt, der zieht Erfolg magisch an. Vermögende Menschen definieren Erfolg oft nicht nur durch Geld, sondern dass sie die Freiheit haben, Dinge zu machen, die ihnen einen Sinn im Leben geben.

Der schrumpfende 100-Euro-Schein

2019 erhielten die 100-Euro-Scheine neben zusätzlichen Sicherheitsmerkmalen und einem überarbeiteten Design auch eine andere Größe. Die veränderte Größe hatte einen rein praktischen Grund: Damit die Scheine besser ins Portemonnaie passen, wurden die neuen 100er sowie 200er etwas kleiner hergestellt, nämlich genauso groß wie 50-Euro-Scheine.

Wenn angenehme Gerüche Kunden anlocken

Düfte erzeugen Erinnerungen. Wenn im Winter die Tage dunkel werden und das Wetter ungemütlich, genügt der süße Duft einer frisch geschälten Orange, um uns in Weihnachtsstimmung zu versetzen. Genau das machen sich Geschäfte zunutze und hüllen ihre Waren in ein angenehmes Aroma. Die meisten von uns treffen einen Großteil der Kaufentscheidungen aus dem Bauch heraus. Fühlt der Kunde sich wohl, sitzt das Portemonnaie locker und er gibt automatisch mehr Geld aus.

Keime lieben Geldscheine

Bakterien & Co. fühlen sich auf Geldscheinen pudelwohl. Wissenschaftler fanden in einer Studie etwa 3.000 verschiedene Arten von Bakterien, Viren, DNA-Spuren, Pilzen und Krankheitserregern auf den Scheinen. Von Nashorn-DNA bis Fäkalbakterien war alles dabei. Hierzulande ist der 5-Euro-Schein am dreckigsten. Je kleiner der Betrag, desto eher zahlen wir mit Bargeld. Deshalb wandert der kleine Schein durch besonders viele Hände.

Banknoten mit Verfallsdatum

Geldscheine sind nur begrenzt haltbar. In Deutschland bleiben Euro-Noten zwischen einem Jahr und 5 Jahren im Umlauf. Nach dieser Zeit werden sie geschreddert, gepresst und verbrannt. Dabei gilt: Je geringer der Wert, umso kürzer ist die Lebensdauer. Während 5- und 10-Euro-Scheine ungefähr einmal jährlich ausgetauscht werden, sind die deutlich seltener genutzten 100-Euro-Scheine bis zu 5 Jahre im Umlauf.

Wo man mit Zähnen bezahlen konnte

In Neuguinea war es bis 1929 möglich, mit Zähnen zu bezahlen. Natürlich wanderten keine menschlichen Zähne in die Kasse, sondern die von Säugetieren. Schweine- oder Hundezähne galten lange Zeit als besonders kostbar. Zum Glück sind diese Zeiten vorbei und kein Tier muss seine Beißer dafür hergeben.

Ein Kreislauf, der nie endet

Was passiert eigentlich mit Münzen, die beschädigt oder abgegriffen sind? Die unbrauchbaren Stücke werden eingeschmolzen. Das Material wird wieder zu neuen Münzen verarbeitet. Wenn das Geld wieder veraltet ist, kommt es erneut in den Schmelzofen. So geht es immer weiter und weiter.

Fantastische Bilder auf Geldscheinen

Seit 2002 gibt es die Euro-Banknoten. Auf der Vorderseite kannst du Abbildungen von Toren und Fenstern sehen. Die Motive sollen Offenheit und Toleranz symbolisieren. Auf der Rückseite stellen Brücken die Verbundenheit zwischen den Ländern dar. Diese Motive existieren allerdings nicht wirklich, sondern entspringen der Fantasie, damit sich kein Mitgliedsstaat benachteiligt fühlt.

Die kleinste Banknote der Welt

Der winzigste Geldschein weltweit ist laut Guinnessbuch der Rekorde der rumänische Bani-Schein aus dem Jahr 1917. Diese Banknote war mit einer Größe von 33 x 45 Millimeter ungefähr so groß wie eine Briefmarke. Herausgegeben wurde der Schein während des Ersten Weltkrieges als Notwährung. Weil in dieser kritischen Zeit die Materialien für Münzen knapp waren, musste man auch bei geringem Wert Geldscheine nutzen. Die Banknote war bis zur Währungsreform nach dem Zweiten Weltkrieg in Verwendung.

Der größte Geldschein der Welt

Die größte Banknote der Welt kommt aus den Philippinen. Diese hat die Größe einer DIN-A4-Seite. Der 100.000 Peso-Schein wurde im Rahmen der 100-jährigen Unabhängigkeit eingeführt und gilt als offizielles Zahlungsmittel. Allerdings ist die Banknote nicht im Umlauf. Da lediglich 1.000 Stück produziert wurden ist der Sammelwert deutlich höher als der Nennwert.

Die Garage des Erfolgs

Das Unternehmen Amazon begann als klassischer Online-Buchhandel. Jeff Bezos gründete das Unternehmen 1994 in seiner Garage in Seattle. Seine Eltern waren die ersten Investoren, indem sie Bezos mit 300.000 Dollar unterstützten. Im Juli 1995 ging Amazon an den Start. Schritt für Schritt entwickelte sich Amazon zu einem der erfolgreichsten Unternehmen weltweit. Anfangs wurde jede Bestellung von einem nervigen Piepton begleitet. Das ständige Piepen machte die Angestellten wahnsinnig, aber es war ein untrügliches Zeichen für den wachsenden Erfolg.

Das Geheimnis der Milliardäre

Nur wer studiert, hat Erfolg? Das trifft bei vielen Milliardären nicht zu. Fast die Hälfte der erfolgreichsten Unternehmer haben keinen Hochschulabschluss in der Tasche. Viel wichtiger ist es, eine bahnbrechende Idee zu entwickeln und so lange daran zu arbeiten, bis diese funktioniert. Begeisterung, Leidenschaft, Kreativität, Fleiß und Durchhaltevermögen sind sehr viel wichtiger als der Schulabschluss.

Der traurigste Geldautomat der Welt

Auf jedem Kontinent und in jedem Land weltweit gibt es Geldautomaten. Das betrifft auch die Antarktis. Hier steht die Forschungsstation McMurdo, die sich auf der Ross-Insel befindet. Dort leben durchschnittlich 1.100 Personen, die einen Geldautomaten zur Verfügung haben. Der Automat ist der einsamste der Welt, da er selten besucht wird. Die Wissenschaftler benötigen in der Antarktis nicht viel Geld, denn dort gibt es kaum Möglichkeiten, dieses auszugeben.

Tesla, PayPal, OpenAI & Co. – Elon Musk und seine Visionen

Erfolgreiche Menschen ticken oft etwas anders. Als Kind las Elon Musk häufig bis zu 10 Stunden am Tag. Sein jüngerer Bruder Kimbal gab an, dass Elon Musk in seiner Kindheit ständig in einem Buch blätterte. Seine Lieblingsbücher waren Science-Fiction-Romane, Sachbücher oder Comic-Hefte. Da er so viel Zeit für das Lesen aufwendete, hatte er kaum Freunde und wurde sogar gemobbt. Bereits in jungen Jahren entwickelte er Unternehmergeist. Während seines Studiums an der University of Pennsylvania mietete Elon Musk ein Haus mit 10 Zimmern. Dieses baute er in einen Club um. Alle Studenten, die dort feiern oder abhängen wollten, mussten 5 Dollar Eintritt zahlen. Heute ist Musk einer der reichsten Menschen der Welt.

Der leckere Apple

Steve Jobs war Mitgründer des Computer-Unternehmens Apple. Er kam auf den besonderen Namen, nachdem er eine Apfelplantage besuchte. Nach einer Obstdiät inspirierte ihn der Name weiterhin so sehr, dass er die Marke danach benannte. Das heute so erfolgreiche Unternehmen hatte enorme Startschwierigkeiten. 1976 brauchten die beiden Gründer Steve Jobs und Steve Wozniak 1.750 Dollar Startkapital. Dafür verkaufte Wozniak seinen Hewlett-Packard-Taschenrechner und Jobs seinen geliebten VW-Bus. Beide erkannten das Riesenpotenzial ihrer Idee. Heute verkauft Apple weltweit 9 iPhones pro Sekunde. Apple gilt nach Forbes-Ranking als wertvollstes Unternehmen der Welt.

Erfolg beginnt am Start

Viele erfolgreiche Menschen stehen früh auf und starten mit einer klar strukturierten Morgenroutine in den Tag. Die meisten Personen nutzen diese Zeit für Meditation, Sport oder zum Lesen und Lernen. Zum Beispiel steht der Geschäftsführer von Apple, Tim Cook, um 4 Uhr morgens auf. Der Gründer von Twitter, Jack Dorsey, springt um 5:30 Uhr aus dem Bett, um zu meditieren und sportlichen Aktivitäten nachzugehen. Verschiedene Studien belegen, dass eine morgendliche Routine dazu beitragen kann, den Erfolg und die Produktivität im Berufs- und Privatleben zu steigern.

Der zauberhafte Scheck

Jim Carrey hatte den Traum, als berühmter Comedian durchzustarten. Er glaubte fest an seinem Erfolg und arbeitete voller Leidenschaft daran. Außerdem machte Carrey etwas Außergewöhnliches, indem er sich selbst einen Muster-Scheck im Wert von 10 Millionen Dollar ausstellte. Carrey tat dies als Teil seiner Visualisierungstechnik. Dieser Scheck sollte ihm helfen, sein Ziel zu erreichen. Deshalb trug er ihn immer bei sich und betrachtete den Scheck als eine Art Talisman. Tatsächlich ging sein Traum in Erfüllung, als er für seine Rolle in "Der Dummschwätzer" 10 Millionen Dollar erhielt.

SCHULE & BILDUNG

BRAIN-GYM MAL ANDERS

Eine Schule aus Flaschen

Eine philippinische Schule besteht komplett aus recycelten Kunststoff-Flaschen. Die asiatische Bottle School ist weltweit einzigartig. Die Bauherren nutzten etwa 9.000 Flaschen, um eine stabile Konstruktion zu kreieren. Dutzende von Freiwilligen füllten jede einzelne Flasche mit Stroh, Wasser und Sand. Danach verwendeten die Helfer eine zementähnliche Mischung, um die Behältnisse zu befestigen. Übereinandergestapelt entstand eine Wand und letzten Endes ein fertiges Schulgebäude.

Die älteste Schule der Welt

Eine chinesische Schule, die Shishi High-School in Chengdu, trägt den Titel der ältesten Schule. Die Schule wurde im Jahr 194 nach Christus gegründet. Demnach ist es keine Überraschung, dass es keine andere Schule noch früher gab. Die erste chinesische Schule wurde 1902 in eine moderne Schule umgewandelt. Das Gebäude wurde immer wieder modernisiert, sodass das Haus sowie die Ausstattung dem neuesten Stand der Technik entsprechen.

Die höchste Schule der Welt

In Phuma Changthang (Tibet) befindet sich die höchstgelegene Schule weltweit. Hierbei handelt es sich um eine Grundschule, die gleichzeitig die dem Himmel nächstgelegene Schule ist. Mit 5.373 Metern über dem Meeresspiegel liegt die Schule 200 Meter höher als das Basislager des Mount Qomolangma, das auf dem höchsten Berg der Welt (Mount Everest) steht.

Die größte Schule der Welt

Gemessen an der Anzahl der Schüler ist die City Montessori School in Lucknow (Indien) die größte Schule weltweit. Laut Guinnessbuch der Rekorde besuchen täglich fast 60.000 Schüler den Campus. So eine riesige Einrichtung muss gut organisiert sein, denn dort gibt es 18 Zentren. Über 4.500 Mitarbeiter halten das Schulleben am Laufen und bieten den Schülern zahlreiche Bildungsmöglichkeiten.

Erst Unterricht, dann Saubermachen

In Südkorea ist es üblich, dass die Schüler nach Schulschluss im Klassenraum bleiben. Jetzt ist gemeinsames Aufräumen angesagt. Staubwischen, fegen, den Müll rausbringen – alles, was anfällt, muss erledigt werden. Demnach rennt kein koreanischer Schüler aus der Schule, wenn die Klingel das Unterrichtsende einläutet.

Der einsame Schüler

2014 gab es eine Grundschule in Turin (Italien), die nicht gut besucht war. Nur ein Schüler und ein Lehrer saßen täglich im Schulgebäude. Viele Eltern würden von so einem individuellen Unterricht schwärmen, aber der Schüler fand das gar nicht toll. Er fühlte sich einsam und stellte sich deshalb vor, dass noch weitere Schüler im Klassenzimmer sitzen. Die Stadt beschloss, die Schule weiterhin zu betreiben, solange mindestens ein Schüler am Unterricht teilnimmt.

Esskultur als Unterrichtsinhalt

Die Essenspausen werden in Frankreich als Teil des Unterrichts angesehen. Die Schüler erfahren dabei viel über ausgewogene Ernährung, gesunde Essgewohnheiten, regionale Lebensmittel und Manieren. Viele französische Schulen beziehen das Essen aus der Region. Das Thema Nahrung ist ein wichtiger Baustein für ein gesundes und erfolgreiches Leben. Deshalb hat sich dieser Themenbereich fest in den Lehrplänen verankert.

Der erste Schultag

In Russland haben Kinder immer am 1. September ihren ersten Schultag. Der 1. September bedeutet dort „Tag des Wissens“. Die Einschulung erfolgt auch dann, wenn der Tag ein Samstag, Sonntag oder Feiertag ist. Am Morgen treffen sich alle Schüler auf dem Schulhof. Traditionell führen die ältesten Schüler die Schulanfänger unter feierlichem Glockengeläut in die Schule.

Die schwimmenden Schulen

Hast du schon einmal eine Bootsschule gesehen? In Bangladesch gibt es mehr als 100 schwimmende Schulen. Die jährlichen Überschwemmungen stellen in Bangladesch eine große Herausforderung dar. Die Unwetter können den Schulbetrieb für Hunderttausende von Schülern unterbrechen. In vielen Gegenden kann man die Straßen von Juli bis Oktober nicht benutzen. Darum entwickelte sich die Idee, schwimmende Bootschulen einzurichten. Die meisten dieser Schulen besitzen einen Online-Zugang, Solaranlagen und eine moderne Bibliothek.

Mit der Seilbahn zur Schule

In Kolumbien fahren einige Schüler mit der Seilbahn zum Unterricht, weil die Schulen oder Wohnorte sehr abgelegen liegen. Besonders für die Bewohner des Tals Los Pinos gibt es keine andere Möglichkeit, als ein Stahlseil als Fortbewegungsmittel zu nutzen. Da kleine Kinder nicht allein mit der Seilbahn fahren dürfen, werden sie von Eltern oder älteren Geschwistern begleitet. Natürlich wäre es theoretisch möglich, den Weg fußläufig zurückzulegen. Allerdings müssten die Kinder 2 Stunden durch den nicht ungefährlichen Regenwald laufen, um zur Schule zu kommen.

Schulterklopfen als Zeichen der Wertschätzung

Der Begriff Schulterklopfen hat seinen Ursprung in der Schulzeit. Früher gab es oft keine Stühle in der Schule, sodass Schüler auf Bänken Platz nahmen. Die Bänke hatten keine Rückenlehnen. Wenn der Lehrer einem Schüler ein Lob aussprach, klopfte er ihm als Anerkennung auf die Schulter.

So ein Zirkus

In Schweden gibt es eine einzigartige Schule, die sich auf das Unterrichten von Artistik, Tanz und Zirkusunterhaltung spezialisiert hat. Die Stockholm School of Circus Arts bietet Kurse in Akrobatik, Einradfahren, Feuerjonglage und vieles mehr an. Die renommierte Einrichtung hat Absolventen, die in Zirkus- und Theateraufführungen auf der ganzen Welt auftreten.

Weniger ist oft mehr

In Finnland bekommen Schüler kaum Hausaufgaben auf und werden nur wenige Stunden pro Woche unterrichtet. Dennoch gehört Finnland zu den besten Ländern in Bezug auf Bildung. Es wird vermutet, dass die hohe Qualität der Lehrstandards und die Förderung von Selbstständigkeit sowie Kreativität dazu beigetragen hat.

Das wohltuende Nickerchen

In manchen Schulen in Finnland ist der Schlaf ein wichtiger Bestandteil des Unterrichts. Das finnische Bildungssystem schlägt Mittagsruhe von 15 bis 30 Minuten vor, damit Schüler ein Nickerchen machen können. Studien haben gezeigt, dass ein kurzes Schläfchen die Konzentration und Leistung der Schüler verbessert. Auch in vielen japanischen Schulen gibt es Power Napping-Zeiten.

Wie Pflanzen mit uns reden

Die Schule Ecole du Breuil in Frankreich hat ein Pflanzensprach-Modul eingeführt. Hier lernen Schüler, die Sprache und Kommunikation der Pflanzen zu verstehen und zu interpretieren. Dies beinhaltet vor allem das Lesen von Pflanzen durch die Beobachtung ihrer Farbe, Form und Bewegungen.

Die gemeinsame Kaffeepause

In Schweden haben einige Schulen die sogenannten Fika-Pausen etabliert. Bei einem gemütlichen Plausch trinken Schüler und Lehrer gemeinsam Kaffee oder Tee und essen süße Leckereien. Dies soll nicht nur das soziale Miteinander fördern, sondern auch die Konzentration und das Wohlbefinden der Schüler verbessern. Schweden gilt als eines der Länder mit dem größten Kaffeekonsum pro Kopf. Die Fika-Tradition ist ein wichtiger Bestandteil der Kultur.

Rauf auf die Bühne

In Atlanta (USA) gibt es eine Schule namens The Ron Clark Academy, die eine ungewöhnliche Methode anwendet, um Schüler zu inspirieren: Der Unterricht findet teilweise auf der Bühne vor einem Live-Publikum statt und die Schüler zeigen ihre Performances. Ron Clark ist ein Lehrer, der im Jahr 2000 von Disney als Lehrer des Jahres ausgezeichnet wurde. Er unterrichtet Kinder aus schwierigen Verhältnissen und stärkt die Talente der Schüler.

Ab in den Schnee

In Kanada müssen einige Schüler den Weg zur Schule auf Skiern zurücklegen. Diese Schule ist besonders für Kinder aus ländlichen Gegenden gedacht. Während der Skifahrt können Schüler die Natur genießen und sich fit halten. Ein weiterer positiver Nebeneffekt der täglichen Bewegung im Schnee: Die Konzentrationsfähigkeit steigt und die Kinder sind meist rundum entspannt.

Die teuerste Schule der Welt

Segeln, Reiten, Wintersport, Fotografie, Theater – diese und einige weitere spannende Themen werden in der Schweizer Le Rosey-Schule unterrichtet. Mehr als 400 Schüler aus 60 verschiedenen Ländern besuchen das exklusive Internat. Die jährlichen Schulgebühren von knapp 100.000 Euro legen Eltern gern auf den Tisch, da sie die hervorragende akademische Ausbildung sowie die talentfokussierte Bildung schätzen. Le Rosey ist bekannt für seine erfolgreichen Absolventen, darunter zahlreiche Könige, Prinzen und andere Prominente.

BERUF & KARRIERE

MEERJUNGFRAUEN, EIERSCHNÜFFLER, HAIWÄCHTER & CO.

Die unendlichen Weiten der Berufswelt

Heutzutage kannst du einen Beruf ausüben, der noch gar nicht existierte, als deine Eltern in deinem Alter waren. Beispielsweise gibt es jetzt Berufe wie Social Media-Manager, App-Entwickler oder Drohnenpilot. Jedes Jahr entstehen neue Berufsbilder, weil sich die Gesellschaft und Technologien stetig verändern. Bei der Berufswahl kann es dir helfen, wenn du Antworten auf folgende Fragen findest: Was kann ich gut? Was macht mir wirklich Freude? Wer seine Interessen und Fähigkeiten kennt und diesen nachgeht, verliert sich nicht im Dschungel der Berufswelt.

Die unumstößliche Essensregel unter Piloten

Wenn Pilot und Co-Pilot die gleichen Vorlieben beim Essen haben, bedarf es einer fairen Abstimmung. Um eine Magenverstimmung oder sogar Lebensmittelvergiftung zu umgehen, müssen sie an Bord unterschiedliche Menüs wählen. Falls einer von ihnen gesundheitliche Probleme bekommt, sollte der andere problemlos die Steuerung übernehmen können.

Professionelle Kuschler spenden Herzenswärme

Wir Menschen brauchen Zuwendung und Nähe von anderen. Nicht jeder hat Personen um sich, die Trost spenden und Umarmungen geben können. Deshalb hat sich die sogenannte Kuscheltherapie nun auch in Deutschland etabliert. Ausgebildete professionelle Kuschler schenken den oft einsamen Kunden das, was ihnen an körperlicher Nähe fehlt. Das hat keinen sexuellen Charakter, denn die Cuddler bieten vor allem Geborgenheit, Kuscheleinheiten und menschliche Wärme.

Die geduldigen Warteschlangen-Steher

Keine Lust auf lange Warteschlangen? Kein Problem, denn in vielen Großstädten weltweit kann man Warteschlangen-Steher beauftragen. Die Person erhält Lohn dafür, die Zeit in Warteschlangen abzustehen. Es gibt sogar Agenturen, die die geduldigen Ansteher vermitteln. Deshalb kann der Auftraggeber die gewonnene Zeit für andere Dinge nutzen, anstatt nur rumzustehen. Meist kommen Warteschlangen-Steher bei Sportveranstaltungen, Konzerten oder Filmpremieren zum Einsatz.

Warnung vor dem Weißen Hai

Hier folgt ein weiterer außergewöhnlicher Job: der Sharkspotter. Da hierzulande keine Weißen Haie anzutreffen sind, muss man für diesen besonderen Berufswunsch nach Kapstadt auswandern. Seit 2004 stehen Sharkspotter an den Stränden und halten in Zweierteams Ausschau nach Weißen Haien. Sobald sich ein Hai nähert, warnen Sharkspotter die Strandgäste vor dem eventuell hungrigen und größten Raubfisch der Erde.

Madenzüchter – wimmelndes Gewusel am Arbeitsplatz

In vielen Ländern nutzen Mediziner die kleinen Tiere zur Wundversorgung. Doch die meisten Maden werden als Tierfutter verkauft. Die Madenzucht lohnt sich finanziell, sodass im Laufe der Jahre viele Zuchtfarmen entstanden sind. In Fliegenhäusern legen Fliegen ihre Eier in Lebensmittelreste ab. Aus den Eiern schlüpfen Maden, die eingesammelt und verkauft werden. Britische Farmen züchten wöchentlich bis zu 120 Millionen Maden. Nach Feierabend heißt es: Alle Klamotten vom Leib ziehen und gut duschen. Die kleinen Krabbeltiere finden schließlich überall Platz.

Klärschlammtaucher – Tauchgang ins Ungewisse

Weltweit arbeiten nur eine Handvoll Menschen in diesem schlammigen Beruf. Um etwas Brauchbares aus Klärschlamm herzustellen (zum Beispiel Biogas), nutzt man unter anderem Faultürme. Mit der Zeit lagern sich die Fäkalien an den Wänden der Türme ab. Jetzt kommen Experten zum Einsatz. Die Taucher schlüpfen in Spezialanzüge und reinigen die Wände gewissenhaft. Aufgrund der besonderen Herausforderungen mit großem Ekelfaktor verdient man damit recht gut. Wer in die Fäkalien taucht, geht mit durchschnittlich 600 Euro am Tag nach Hause.

Kokosnuss-Wächter am Traumstrand

Hitzewelle im Anmarsch? Sturmwarnung? Dann muss schnellstmöglich ein Sicherheitsbeauftragter her. Damit den Touristen nichts um die Ohren fliegt beziehungsweise nichts auf dem Kopf landet, passen Kokosnuss-Wächter an malerischen Stränden gut auf. Oft genießen Urlauber schattige Plätze unter Palmen. Die reifen Kokosnüsse dürfen niemanden verletzen, sodass die Sicherheitsbeauftragten regelmäßig auf Bäume klettern. Dort prüfen sie, ob die Nüsse noch fest genug am Baum hängen und nehmen lockere Früchte ab.

Lego-Bauherr – Kunstwerke vom Baustein-Experten

Es gibt tatsächlich eine Tätigkeit als Professional Lego Builder. Diese Profis erhalten mitunter hohe Geldbeträge, um komplexe Strukturen und Modelle aus Legosteinen zu kreieren. Die Kunstobjekte stehen oft in Museen oder werden im Marketing eingesetzt. Lego Builder besitzen meist seit ihrer Kindheit eine Leidenschaft für diese Bausteine. Ein Traumjob für alle, die gerne bauen und kreativ sind.

Eierschnüffler – ein Beruf für feine Nasen

Wer den Geruch von verfaulten Eiern kennt, rennt weit weg, sobald ein Ei verderbliche Anzeichen von sich gibt. Dennoch haben einige Menschen einen Job gewählt, bei dem sie schnuppernd nach stinkenden Eiern suchen. Eierschnüffler, auch Eierbrecher genannt, trennen Eiweiß und Eigelb für die industrielle Produktion voneinander. Sobald ein Ei müffelt, muss es geschwind aussortiert werden.

Smørrebrødsjomfru – eine schmackhafte Ausbildung

In Dänemark kannst du den Beruf Smørrebrødsjomfru erlernen. Übersetzt heißt das so viel wie Butterbrotjungfer. Diese Ausbildung dauert 3 Jahre und befasst sich mit der Herstellung und dem Verkauf des klassischen dänischen Smørrebrød. Smørrebrød, im Deutschen Smörrebröd genannt, ist ein reich belegtes Butterbrot und ein traditionelles Mittagessen der dänischen Küche.

Im Schlaf Geld verdienen

Wer gerne und viel schläft, ist in der Tätigkeit als Schlafexperte bestens aufgehoben. Professional Sleeper erhalten Geld, indem sie darüber berichten, wie sich das Bett, die Matratze oder die Kissen anfühlen. Nach dem Schlaf müssen die Profis eine kompetente Einschätzung abgeben und Produkte miteinander vergleichen. Außerdem finden Professional Sleeper auch Arbeitsplätze im Marketing für außergewöhnliche Werbekampagnen. Dafür legen sich Sleeper in ein Bett, das beispielsweise im Schaufenster steht. Das zieht Blicke an und Zuschauer werden zu Käufern.

Bierbrauen – der gefragte Studiengang

Diese Studienrichtung weckt das Interesse von vielen Biergenießern. Den Studiengang Bierbrauen gibt es tatsächlich in Deutschland, Österreich, Belgien, Kanada und einigen anderen Ländern. Die Studierenden lernen alles über den Herstellungsprozess der Hopfenbrause. Sie erfahren auch, wie man eine Brauerei erfolgreich führt. Einige bekannte Bildungseinrichtungen sind die VLB Berlin (Versuchs- und Lehranstalt für Brauerei), das Siebel Institute of Technology in den USA, die Doemens Academy in München und die Siebenschläfer Bierakademie in Österreich.

Ohrenputzer – ein Job mit Feingefühl

In Deutschland reinigen wir unsere Ohren meist selbst. In China suchen viele Menschen eine Fachkraft auf, die das Säubern der Lauscher übernimmt. Das geschieht größtenteils nicht in einer Praxis oder anderen Räumlichkeiten, sondern auf öffentlichen Plätzen. Dort entfernt der Experte das Ohrensekret mit speziellem Besteck. Wer den Service nutzt, zahlt durchschnittlich 15 Euro für die Dienstleistung. Am Ende bekommt der Kunde eine wohltuende Ohrläppchenmassage.

Apfel-Etikettierer – von Hand geklebt

Die meisten Apfelfans finden es nervig, die klebrigen Schildchen vor dem genüsslichen Verspeisen abzukratzen. Aber wer macht sich die Arbeit, Äpfel mit Etiketten zu schmücken? Manchmal übernehmen das Maschinen, aber etliche Betriebe überlassen das Apfel-Etikettierern. Vor allem Bio-Firmen schätzen die Arbeit der Etikettierer. Für die Tätigkeit braucht man eine ruhige Hand, damit der Apfel keine unschönen Kratzer bekommt.

Traumjob Meerjungfrau

In Las Vegas versammeln sich viele Wassernixen. Jedes Jahr bewerben sich wasserliebende Damen im Silverton Hotel & Casino, um ihrem Traum nachzugehen. Wer den Job erhält, darf in einem märchenhaften Meerjungfrauen-Kostüm durch das Riesen-Aquarium gleiten. Doch dort schwimmen sie nicht allein, denn auch tropische Fische leben im riesigen Wasserbecken. Die Meerjungfrauen füttern Fische und bringen Touristen zum Staunen.

Grenzenlose Lernfreude in jedem Alter

Mit gerade einmal 9 Jahren begann March Tian Boedihardjo aus Hong Kong mit seinem Mathematik-Studium. 2011 beendete er dieses erfolgreich mit 13 Jahren. Der talentierte Junge schüttelte sein Wissen ohne Weiteres aus dem Ärmel und kombinierte mathematische Vorgänge im Handumdrehen. Studieren ist nicht nur ein Thema für junge Leute, denn Lernen kennt kein Alter. Das bewies der 97-jährige Australier Allan Stewart im Jahr 2012. Den Titel als ältester Uni-Absolvent erhielt er für seinen Master im Fach Klinische Studien.

Wenn der Unterricht nicht enden will

In Momenten, in denen wir uns langweilen, scheint die Zeit nicht zu vergehen. Die Hochschule in Trier ließ sich 2002 etwas Besonderes einfallen: Die Vorlesung Technik und Gesellschaft endete erst nach 52 Stunden. Zum einen wollte die Schule mit diesem fast endlosen Unterricht ins Guinnessbuch der Rekorde kommen. Zum anderen war diese Aktion eine clevere Werbeaktion, um neue Absolventen anzulocken.

GESCHICHTE & HISTORISCHES

KURIOSE EREIGNISSE UND EIGENWILLIGE PERSÖNLICHKEITEN

Große Nasen bringen Glück

Die alten Ägypter glaubten, dass langnasige Menschen intelligenter und glücklicher sind. Deshalb schummelten einige mit ihrem Aussehen, indem sie die Nase mit Tonscheiben verlängerten. Große Nasen symbolisierten in dieser Zeit Reichtum und einen hohen sozialen Status. Somit war der Grundstein für die heutige Schönheitschirurgie gelegt. Allerdings arbeiten Chirurgen heute nicht mehr mit Ton und die Menschen wünschen sich eher kleine als große Riecher.

Fischbrühe von Mund zu Mund

Jetzt wird es etwas unappetitlich. Im alten Rom war es üblich, sich gegenseitig Fischbrühe in den Mund zu spucken. Die Prozedur hatte einen ernsten Hintergrund: Die Menschen glaubten, sich damit vor Krankheiten schützen zu können. Der Brühe wurde heilende Kräfte zugesprochen, die ihre Wirkung durch Spucken entfalten. Dieser Brauch war besonders unter den Reichen und Mächtigen verbreitet.

Der teuflische Tanz

Im Mittelalter hatten es tanzwütige Menschen schwer. Viele gingen davon aus, dass Tanzen eine Form von Hexerei war. Wer tanzte, entfernte seine Seele immer mehr von Gott – das besagte der Glaube. Deshalb wurde Tanzen oft von Geistlichen verboten und als sündhaft angesehen. Wer tanzend erwischt wurde, landete im Gefängnis oder wurde zum Tode verurteilt. Erst im Laufe der Zeit wurde Tanzen als Unterhaltung und Ausdruck von Freude akzeptiert.

High Heels für alle

Ursprünglich wurden Schuhe mit hohen Absätzen für Männer erfunden. Wer High Heels trug, wirkte größer und das strahlte Männlichkeit sowie starke Präsenz aus. Die ersten High Heels waren in Persien und im osmanischen Reich weit verbreitet. Die hohen Absatzschuhe wurden hauptsächlich von Männern getragen, um die Macht und Stellung zu betonen. Im 17. Jahrhundert kleideten sich auch Frauen mit hohen Schuhen. Die Damen wollten damit weibliche Kurven betonen und ihre Schönheit hervorheben. Dies führte dazu, dass die meisten Männer keine High Heels mehr trugen, um nicht weiblich zu wirken.

Puder und ganz viele Flöhe

Als Körperpflege noch in den Kinderschuhen steckte, war es üblich, Parfüm und Puder auf Haut sowie Kleidung aufzutragen. Menschen im Mittelalter versuchten damit, unangenehme Gerüche zu überdecken. Außerdem versteckte man Zimt und Nelken in den Kleidern, um lästige Insekten fernzuhalten. Leider oft erfolglos, denn Läuse, Flöhe und Fliegen fühlten sich dennoch pudelwohl am Menschen.

Ein ziemlich musikalischer Tag

Am 18. April 1930 teilte der Sender BBC in seiner täglichen Nachrichtenshow folgende Information mit: „There is no news." Da einfach nichts Wichtiges passiert war, spielte BBC 15 Minuten lang klassische Musik. So etwas geschah nicht noch einmal in der Mediengeschichte.

Der mächtige Poet ohne Talent

Der römische Kaiser Nero hatte ein ungewöhnliches Hobby. Er war ein leidenschaftlicher Poet und trug seine eigenen Gedichte in öffentlichen Lesungen vor. Allerdings war er nicht besonders talentiert. Dennoch bekam er immer tosenden Applaus. Die Zuschauer sahen sich gezwungen, Beifall zu klatschen und seine Verse zu loben, weil sie Angst vor seiner Wut hatten.

Der Präsident und die Toiletten

Der frühere Präsident der USA, Lyndon B. Johnson, war bekannt dafür, dienstliche Gespräche in öffentlichen Toiletten zu führen. Die Gespräche wurden immer ungeplant und kurzfristig eingeleitet. Der Präsident sprach am stillen Örtchen mit seinen Beratern oder Geschäftspartnern, da er davon ausging, dort nicht belauscht zu werden. Einige seiner Mitarbeiter und Partner betitelten ihn heimlich als Toiletten-Präsident.

Der Politiker, der mit Toten sprach

William Lyon Mackenzie King war ein kanadischer Politiker, der 22 Jahre als Premierminister arbeitete. Das besondere an seiner Arbeitsweise: Er trat regelmäßig mit verstorbenen Politikern sowie mit seiner toten Mutter in Kontakt, um politische Entscheidungen zu treffen. Spiritualität hatte für den Politiker einen hohen Stellenwert. Er berichtete, mithilfe der Ratschläge von Verstorbenen niemals falsch entschieden zu haben.

Rapper des 5. Jahrhunderts

Rap Battle gibt es schon seit langer Zeit. Bereits im 5. Jahrhundert traten Poeten in öffentlichen Wettbewerben gegeneinander an. In Reimform beleidigten sie sich gegenseitig und äußerten perverse Worte. Diese Tradition war besonders in keltischen und nordischen Kulturen beliebt. So existieren Geschichten über den nordischen Gott Loki, der in Reimform andere Götter beschimpft. Selbst in Werken von William Shakespeare wird darauf Bezug genommen.

Der treue Bär

Ein Braunbär namens Wojtek begleitete polnische Soldaten im Zweiten Weltkrieg. Das fleißige Tier trug Kisten mit Munition und wurde zum Maskottchen der 22. Artillerie-Kompanie. Wojtek bekam sogar den Rang eines Unteroffiziers. Der Bär wurde zum Symbol für das Zusammengehörigkeitsgefühl der polnischen Streitkräfte.

Der erfolgreiche Urin-Handel

Im antiken Rom benutzten Wäschereien Urin zur Ledergerbung. Das Geschäft mit Urin lief hervorragend, sodass Kaiser Vespasia eine Urinsteuer einführte. Vor seinem Sohn Titus rechtfertigte er die Steuer, indem er ihm das Geld unter die Nase hielt und fragte, ob es schlecht rieche. Im Laufe der Zeit entstand daraus die Redewendung „Geld stinkt nicht“.

Eine eindeutige Botschaft

Als Arnold Schwarzenegger während seiner Zeit als Gouverneur von Kalifornien mit Entscheidungen der Staatsversammlung nicht einverstanden war, verfasste er einen Veto-Brief. Es stellte sich heraus: Die ersten Buchstaben jeder Zeile bildeten die Worte Fuck You. Zuerst sprach Schwarzenegger von einem Zufall, aber viele Jahre später bestätigte er seine Absicht. In seiner Biografie gab Schwarzenegger an, dass er die versteckte Botschaft bewusst platziert hatte.

Der Japaner, der den Untergang der Titanic überlebte

Masabumi Hosono war der einzige japanische Passagier auf der Titanic. Glücklicherweise überlebte er den Untergang des Schiffes und wurde gerettet. Als er wieder in seiner Heimat eintraf, stellten einige Medien ihn als Feigling dar. Viele Menschen warfen ihm vor, eine Schande für das Land zu sein. Warum? Weil er sein Leben nicht geopfert hatte, um das anderer Menschen zu retten, kritisierten die Journalisten Masabumi Hosono scharf.

Die Folgen falschen Handelns

Papst Gregor IX. begünstigte mit seinen Entscheidungen die Verbreitung der Pest im 13. Jahrhundert. Er hasste Katzen, denn er brachte die Tiere mit Teufelsanbetung in Verbindung. Deshalb ließ er Katzen großflächig ausrotten. Im päpstlichen Dokument Vox in Rama von 1233 wurden schwarze Katzen als satanisch bezeichnet. Durch die Katzenausrottung florierte die Rattenpopulation sondergleichen. Somit verbreitete sich die Pest durch Ratten rasend schnell.

Der Offizier, der das Kriegsende leugnete

Der japanische Nachrichtenoffiziern Hiroo Onoda glaubte, dass die Bekanntgabe über das Ende des Zweiten Weltkriegs nur eine List der Alliierten war. Deshalb blieb er pflichtbewusst weitere 29 Jahre an seinem Ort in der zugewiesenen Position. 1974 suchte sein ehemaliger Vorgesetzter erneut Onoda auf und überzeugte ihn endlich vom Ende des Krieges.

Der Londoner Eifelturm

London plante 1892 den Bau eines eigenen Eifelturms, da der Pariser Eifelturm große Beliebtheit erlangte. Der ähnlich aussehende Watkin's Tower konnte aufgrund von finanziellen Schwierigkeiten des Bauunternehmens nie fertiggestellt werden. Der Bau stoppte als das Bauwerk 47 Meter hoch war. Der angefangene Watkin's Tower wurde 1907 abgerissen. Wenn das Bauvorhaben wie geplant verlaufen wäre, dann wäre es mit 350 Metern das höchste Bauwerk seiner Zeit gewesen.

Endlich Wochenende

Henry Ford war ein US-amerikanischer Automobilpionier und Erfinder. Er gründete den Automobilhersteller Ford und perfektionierte die Fließbandfertigung in der Automobilindustrie. Bei all seinem Streben behielt er auch das Wohlbefinden seiner Mitarbeiter im Auge. Henry Ford gab den Angestellten als erster Unternehmer samstags und sonntags frei, damit sie mehr Freizeit genießen konnten. Erst durch diese Entscheidung etablierte sich die Idee des Wochenendes.

Kleider machen Leute

In den 1980er Jahren trug der kanadische Premierminister Pierre Trudeau oft Sandalen mit Socken zu formellen Anlässen. Er galt als Trendsetter für unkonventionelle Kleidung in der Politik. Dies führte zu viel Aufregung in den Medien und polarisierte die Öffentlichkeit. Trudeau blieb davon unbeeindruckt und setzte seinen eigenen Stil fort. Er wurde oft als freiheitsliebender und unangepasster Politiker beschrieben, der bereit war, gegen den Strom zu schwimmen.

Erst das Schiff, dann das Rad

Menschen segelten bereits 6.000 Jahre vor Christus auf Schiffen. Archäologische Funde weisen auf eine lange Geschichte der Schifffahrt zurück, die bis in die Antike reicht. Das Rad wurde vermutlich erstmals im 3. oder 4. Jahrtausend vor Christus in Mesopotamien und Zentralamerika erfunden. Schiffe sind somit älter als die Erfindung des Rads.

REISEN & ABENTEUER

ANDERE LÄNDER, ANDERE SITTEN

Bhutan und das späte TV-Vergnügen

Bhutan hat das Fernsehen erst im Jahr 1999 eingeführt. Bis dahin war das Land eines der letzten Länder weltweit ohne TV-Empfang. Die Regierung befürchtete, dass das Fernsehen die Kultur Bhutans negativ beeinträchtigen könnte. Deshalb versuchte der vorherige Staatschef, viele fremde Einflüsse aus Bhutan fernzuhalten. Um die negativen Folgen des Fernsehens zu verhindern, wurde die Einführung sorgfältig geplant und kontrolliert. Es gibt zum Schutz der kulturellen Werte immer noch strenge Vorschriften.

Das Land der 700 Sprachen

Papua-Neuguinea ist das Land mit der größten Vielfalt an Sprachen. Obwohl in diesem Land nur circa 8 Millionen Menschen leben, werden dort mehr als 700 verschiedene Sprachen gesprochen. Die am weitesten verbreitete Sprache ist Tok Pisin, eine Kreolsprache, die als Amtssprache dient. Weitere wichtige Sprachen sind Englisch, Hiri Motu und die einheimischen Sprachen der jeweiligen Regionen.

Finnland liebt Latein

Radio Finnland sendet Nachrichten auf Latein. Die Sendung läuft nicht in Randzeiten, sondern einmal wöchentlich zur besten Sendezeit. Der finnische Radiosender YLE ist bekannt für die „Nuntii Latini Septimanales“ und lockt damit zahlreiche Hörer an. Neben dem lateinischen Wochenrückblick gibt es eine Extra-Sendung, die „Nuntii Latini mesis“. Hier erfahren die Hörer, welche wichtigen Ereignisse im jeweiligen Monat passiert sind.

Mal schnell die Augen rasieren

In China kann man den Augen eine Rasur verpassen. Dabei handelt es sich um eine alte medizinische Methode, bei der die Augäpfel mit einem Rasiermesser bearbeitet werden. Das Ziel ist, Schmutz oder Wucherungen zu entfernen. Die Augenrasur soll zudem die Sicht verbessern. Früher erfolgte die ungewöhnliche Behandlung in Krankenhäusern, aber heutzutage erledigen das Barbiere. Wie läuft die Augenrasur ab? Zuerst sterilisiert der Barbier das Rasiermesser. Dann reinigt der Profi das Innere der Augenlider mit einer wischenden Bewegung. Nach diesem Schritt streicht er mit einem Metallstäbchen über den Augapfel. Allerdings findest du nur noch vereinzelt Barbiere in China, die diese Methode anbieten.

Der einsamste Ort der Welt

Nur selten gelangt ein Urlauber zur Inselgruppe Tristan da Cunha im südlichen Atlantik. Der abgelegenste bewohnte Ort der Welt auf der gleichnamigen Hauptinsel heißt Edinburgh of the Seven Seas. Hier leben circa 300 Einwohner. Wer aufs Festland möchte, muss etwas Zeit einplanen, denn fast 3.000 Kilometer trennen die Inselgruppe von Südafrika.

Der verlassene Friedhof

Der von allen Inseln und Küsten der Erde am weitesten abgelegene Ort liegt im südlichen Pazifik: Point Nemo. An diesem verlassenen Ort lebt niemand. Der sogenannte Pol der Unzugänglichkeit hat eine besondere Funktion, denn dort befindet sich ein Raumschifffriedhof. Point Nemo ist 2.688 Kilometer vom nächstliegenden Festland entfernt. Selbst die Astronauten der Raumstation ISS befinden sich näher an diesem Punkt als jeder andere Mensch.

Griechenland und das fiese Auge

Viele Griechen sind abergläubisch. Die meisten Menschen lieben ehrliche Komplimente, aber manche Griechen haben bei anerkennenden Worten Angst, dass das „Böse Auge“ auf sie blickt. Das „Böse Auge“ repräsentiert Unheil oder negative Energien. Um Schlechtes abzuwehren, spuckt man den anderen nach dem ausgesprochenen Kompliment 3-mal an. Allerdings geschieht das nur symbolisch in Form von Spuckgeräuschen.

Kanada, das kleine Dorf

Kleines Missverständnis, große Auswirkung. Der Name Kanada entspringt einem Irrtum. Die Einheimischen luden den französischen Entdecker Cartier in ihr „Kanata“ ein. Kanata heißt übersetzt Dorf. Cartier dachte allerdings, dass damit das gesamte Land gemeint sei. Geschwind benannte der Entdecker das Land danach.

Die schmutzige Hand

In vielen Teilen Asiens finden Einheimische das Verwenden von Toilettenpapier unhygienisch. Daher greifen sie zum Wasserstrahl und helfen mit der linken Hand nach. Auch wenn die Hände danach gründlich gewaschen werden, gilt die linke Hand generell als unrein. Deshalb hat die unreine Hand beim Essen nichts zu tun und die rechte darf zulangen.

Ein bunter Buchstabensalat

Der Ort mit dem längsten Namen Europas befindet sich in Wales. Er heißt „Llanfairpwllgwyngyllgogerychwyrndrobwllllantysiliogogogoch". Wenn sich beim Aussprechen ein Knoten in der Zunge bildet, hast du es wahrscheinlich richtig gemacht. Der längste Name weltweit gehört jedoch Bangkok. Ungekürzt lautet die Bezeichnung der thailändischen Hauptstadt „Krung Thep Mahanakhon Amon Rattanakosin Mahinthara Ayuthaya Mahadilok Phop Noppharat Ratchathani Burirom Udomratchaniwet Mahasathan Amon Piman Awatan Sathit Sakkathattiya Witsanukam Prasit". „Krung Thep" bedeutet übersetzt „Stadt der Engel" und ist die kurze Form des Namens, die häufiger verwendet wird.

Das Land der Ärzte

San Marino ist das Land mit der höchsten Ärztedichte weltweit. In dem kleinen Land leben nur etwa 33.000 Menschen, aber mehr als 800 Ärzte sind in San Marino tätig. Wenn man die Zahlen betrachtet, kümmert sich ein Arzt um durchschnittlich 40 Einwohner. Die hohe Ärztedichte in San Marino lässt sich größtenteils auf das hervorragende Gesundheits- und Bildungssystem sowie den hohen Lebensstandard zurückführen. Angenehmes Klima, wundervolle Landschaften, stabile Wirtschaft – nicht nur Mediziner fühlen sich in San Marino wohl.

Kalt, kälter, am kältesten

Der Ort Oimjakon im Nordosten Russlands ist der kälteste bewohnte Ort der Erde. Dort herrschen so eisige Temperaturen, dass sogar Alkohol gefriert. In Oimjakon fallen die Temperaturen bis auf minus 70 Grad Celsius. Das Dorf bietet nur wenig modernen Komfort. Die 500 Einwohner gehen meist einer traditionellen Beschäftigung wie Rentierzucht, Jagd und Fischfang nach. Auch Touristen zieht es immer häufiger nach Oimjakon. Manche Reisende lieben Extreme und wollen herausfinden, ob sie den rauen Bedingungen standhalten können.

Die romantischste Insel der Welt

Die kroatische Insel Galesnjak ist eine Insel in perfekter Herzform. Weltweit haben zwar mehrere Inseln eine Herzform, aber Galesnjak belegt den 1. Platz unter den romantisch geformten Inseln. Lange Zeit war Galesnjak unbewohnt. Das hat sich geändert, denn die kleine Insel entwickelte sich zu einem beliebten Touristenziel. Viele Paare heiraten dort und genießen ihre Flitterwochen an einem besonders idyllischen Ort.

Die menschliche Vogelsprache

Im türkischen Dorf Kuşköy kommunizieren viele Einwohner in Pfeiflauten miteinander. Die sogenannte Vogelsprache hat demnach nichts mit flatternden Tieren zu tun. Vor langer Zeit hat sich diese Sprache gebildet, weil die Bewohner weit verstreut entlang der steilen Gebirgszüge lebten. Die Pfeifsprache ist so komplex wie die menschliche Sprache, denn jeder Laut, jede Tonhöhe sowie dessen Kombination vermitteln eine individuelle Botschaft. So können sich die Einwohner kilometerweit verständigen. Diese jahrhundertealte Tradition ist auf der UNESCO-Liste des immateriellen Kulturerbes gelandet.

Liechtenstein – klein, aber oho

Wenn du Challenges in der Natur magst, dann könnte dir diese Herausforderung gefallen. Einige Touristen nehmen sich vor, das Land Liechtenstein in weniger als einem Tag zu durchwandern. Wer von Norden nach Süden läuft, muss 25 Kilometer hinter sich bringen. Von Osten nach Westen geht es schneller voran, denn die Strecke beträgt nur 4 Kilometer. Das bedeutet, es wäre machbar. Allerdings musst du im Herzen des Landes mit einigen steilen Alpen-Anstiegen rechnen, sodass du für die Durchquerung viel Ausdauer, Geduld und Power brauchst.

Das besondere Museum

In Island gibt es ein Museum, das Penisse von verschiedenen Tierarten ausstellt. Das "Icelandic Phallological Museum" ist das einzige Museum seiner Art und hat eine Sammlung von mehr als 280 Penissen von Tieren wie Walen, Seehunden, Bären und Hirschen. Das Museum stellt auch einige menschliche Penisse aus, darunter von prominenten Persönlichkeiten wie einem isländischen Dichter. Dieser ungewöhnliche Ort ist bei Besuchern sehr beliebt und zieht Menschen aus der ganzen Welt an.

Die längste Straße der Welt

Der Highway 1 befindet sich in Australien und ist die weltweit längste durchgehende Straße. Diese einzigartige Straße erstreckt sich über 14.500 Kilometer und führt durch alle australischen Bundesstaaten. Zum einen dient der nicht enden wollende Weg als wichtiges Verkehrsnetzwerk, zum anderen zählt der Highway 1 zu den beliebten Reisezielen für Abenteurer. Auf dem Weg gibt es unzählige Sehenswürdigkeiten zu entdecken, darunter Nationalparks, Strände, Wüsten, Outback-Regionen und historische Städte. Eine Reise entlang des Highway 1 ist eine unvergessliche Erfahrung und bietet tolle Gelegenheiten, die Schönheit und Vielfalt Australiens zu erleben.

Spanien – wenn gammelige Tomaten durch die Straßen fliegen

Rund 20.000 Einheimische sowie Touristen besuchen jedes Jahr den ostspanischen Ort Buñol bei Valencia. Alle Anwesenden bewerfen sich einen Tag lang mit überreifen Tomaten. Dabei fliegen insgesamt mehrere Tonnen Tomaten quer durch alle Gassen der Stadt. Nichts bleibt tomatenlos. Bereits seit 1940 existiert das traditionelle Stadtfest namens Tomatina. Am nächsten Tag helfen die Wurfkünstler mit, den glitschigen Tomatensalat einzusammeln.

England - wenn Käse vom Berg rollt

Im Südwesten Englands gibt es Menschen, die eine besonders käsige Leidenschaft teilen. Jedes Jahr im Mai oder Juni rollen große Käselaibe einen Hang hinunter. Diese werden voller Eifer von den Cheese Rolling-Teilnehmern angestoßen. Das beliebte Event lockt jährlich Tausende Leute in den Ort Gloucestershire. Doch nicht nur der Käse rollt, sondern oft auch die Teilnehmer. Sie hechten hinter dem Käse her und kommen ins Stolpern, da die Laibe eine Geschwindigkeit von bis zu 110 Kilometern pro Stunde erreichen. Viele Teilnehmer sowie Zuschauer kommen jedes Jahr wieder, um das verrückte Spektakel in vollen Zügen zu genießen.

WELTALL & PLANETEN

GEHEIMNISSE DES UNIVERSUMS

Abwarten statt Erbrechen

Astronauten leiden in den ersten Tagen im All oft an der Raumkrankheit. Dabei kommt es zu einer Gleichgewichtsstörung, weil sich in der Schwerelosigkeit alle Körperflüssigkeiten umverteilen. Deshalb lassen die Experten in der Anfangszeit ihre Hände von wichtigen Außenbordarbeiten. Das Risiko wäre viel zu groß, dass Astronauten Kreislaufprobleme bekommen und sich in ihren Anzügen übergeben müssen. Sie warten ein paar Tage ab, bis sich der Körper an die Bedingungen gewöhnt hat.

Die Sonne und ihre eierförmigen Kinder

Vor dem 17. Jahrhundert gingen die meisten Menschen davon aus, dass die Erde platt wie ein Eierkuchen ist. Galileo Galilei und andere Wissenschaftler bestätigten dann aber die Theorie einer kugelförmigen Erde. Allerdings stimmt das nicht zu 100 Prozent, denn unser Planet gleicht eher einem Ei. Das nennen Wissenschaftler Ellipsoid. Durch die Rotation um die Achse treten am Äquator größere Fliehkräfte auf als an den Polen. Dennoch würde man die Abplattung der Erde an den Polen vom Weltall aus betrachtet kaum bemerken, da sie nur 0,3 Prozent beträgt – also leben wir auf einem recht runden Ei. Bei den schnell rotierenden Gasriesen Saturn und Jupiter ist die ovale Form viel besser erkennbar. Die Sonne dagegen schaut ziemlich kugelig aus, denn hier beträgt die Abflachung wenige Kilometer bei einem Durchmesser von 1,4 Millionen Kilometer. Selbst Satellitenmessungen nehmen kaum Unregelmäßigkeiten wahr.

Der Mond und sein Kunstwerk

Die „Fallen Astronaut Sculpture" steht an einem ganz besonderen Ort. Das Kunstwerk wurde von dem belgischen Künstler Paul Van Hoeydonck erschaffen und befindet sich auf dem Mond. Astronauten nahmen das Objekt während der Apollo 15 Mission im Jahr 1971 mit. Die Skulptur soll an Astronauten erinnern, die während einer Raumfahrt-Mission ums Leben gekommen sind.

Muskel-Marathon im Weltall

Astronauten bauen Knochen- und Muskelmasse ab, sobald sie im Weltraum sind und in Schwerelosigkeit schweben. Um diese Verluste auszugleichen, müssen die Profis täglich mehrere Stunden trainieren. Nur so bleibt der Körper stark und gesund. Sie halten zudem eine spezielle Diät ein, um genug Vitamine und Mineralstoffe zu erhalten. Wenn Astronauten zurückkehren, sind sie manchmal größer, weil sich ihre Wirbelsäulen in der Schwerelosigkeit ausdehnen.

Die strenge Bohnen-Regel

Wer im Weltall herumschwebt, muss nicht nur aus gesundheitlichen Gründen eine strikte Diät einhalten. Meist greifen Astronauten zu leicht verdaulichen Lebensmitteln und müssen Bohnen vom Speiseplan streichen. Der Grund: Astronautenanzüge sind nicht in der Lage, große Mengen des austretenden Pups-Gases ausreichend abzusondern.

Der einzigartige Sonnensturm

Die Erde erlebte im Jahr 1859 den bis heute stärksten magnetischen Sturm seit Aufzeichnung derartiger Ereignisse. Ein Sonnensturm war so stark, dass man sogar in Rom Polarlichter sehen konnte. Bei einem Sonnensturm handelt es sich um eine kraftvolle Ausbruchseruption von Energie und Teilchen aus der Sonne. Bei diesem sonderbaren Ereignis konnten einige Telegrafen 2 Stunden lang ohne Stromversorgung arbeiten. Die mitgebrachte Energie des Sonnensturms reichte dafür aus.

Der Mond – Heimat des Bösen

Auf dem Pluto-Mond Charon existiert am Nordpol ein geheimnisvoller dunkler Fleck. Die Wissenschaftler können nicht zuordnen, was das wirklich ist. Deshalb nannten sie den Bereich Mordor in Anlehnung an das dunkle Land aus „Der Herr der Ringe". Mordor steht symbolisch für das Böse und ist ein unpassierbares sowie gefährliches Gebiet.

Wenn Schulbücher cheaten

Schulbücher stellen unser Sonnensystem meist so dar, dass alle Planeten nah beieinanderstehen und auf eine Buchseite passen. In der Realität sieht das jedoch ganz anders aus, da im All andere Maßstäbe gelten. Ein Beispiel: Wäre unser blauer Planet so groß wie eine Erbse, dann wäre Jupiter 300 Meter von ihr entfernt. Pluto würde sich 2,5 Kilometer entfernt aufhalten und der nächste Stern folgt erst in 16.000 Kilometern.

Mutanten aus dem Weltall

Seit 1987 schickt die chinesische Regierung regelmäßig Pflanzensamen ins Weltall. Das Ziel: Durch die erhöhte Strahlung im All werden bewusst Pflanzen-Mutationen hervorgerufen. Damit möchte das Land ertragreichere Pflanzen erschaffen. Hierdurch entstanden schon riesige Auberginen, übermäßig lange Gurken und ertragreichere Pfefferpflanzen.

Die mächtigen Viren

Wäre man in der Lage, alle Viren weltweit übereinanderzustapeln, käme ein riesengroßer Turm zustande. Das Gebilde wäre so gewaltig, dass es weit über den Mond hinausragen würde. Der Viren-Turm erreicht auch unsere Sonne und die Milchstraße. Es geht noch weiter, indem das Bauwerk mit einer Gesamthöhe von etwa 200 Millionen Lichtjahren bis zur nächsten Galaxie gelangt.

April, April

Der britische Sender BBC startete am 1. April 1976 einen Aprilscherz. So plauderten die Journalisten heraus, dass sich die Planeten in unserem Sonnensystem in einer außergewöhnlichen Konstellation befinden. Somit würde sich die Erdanziehung verändern und geringer ausfallen. Diese Aussage hatte weitschweifende Folgen. Tausende Menschen meldeten sich beim Sender und gaben an, den Effekt deutlich zu spüren. Die verwunderten Menschen baten um Hilfe und Auskunft, wie sich die Lage weiterentwickelt. Die Macht des Glaubens kann eben viel bewirken

Die erste Katze

Der erste Mensch im Weltall war Juri Gagarin, ein sowjetischer Kosmonaut, der am 12. April 1961 die erste bemannte Raumfahrt durchführte. Französische Wissenschaftler starteten am 18. Oktober 1963 eine Rakete, um eine Katze ins All zu bringen. Das Tier hieß Félicette. Glücklicherweise landete Félicette mit dem Fallschirm wieder sicher auf der Erde.

Wo es Diamanten regnet

Um den kostbaren Niederschlag zu erleben, müssten wir zum Saturn oder Jupiter reisen. Dort regnet es regelmäßig Diamanten. Erst 2013 entdeckten amerikanische Forscher das sonderbare Phänomen. Der Diamantenregen entsteht, wenn Blitze durch Methangas hindurchschießen. Leider können wir das nicht live erleben, denn beide Planeten sind lebensfeindlich. Dort herrschen sehr hohe Temperaturen und enorme Druckverhältnisse. Dann bleiben wir lieber hier und genießen den lauen Sommerregen auch ohne Diamanten.

Ein Hoch auf Fruchtfliegen

Die ersten lebenden Passagiere im Weltraum waren Fruchtfliegen. Im Jahr 1947 wurden sie von der US-Luftwaffe in einem V2-Raketenversuch ins All geschossen, um die Auswirkungen der Raumfahrt auf Lebewesen zu untersuchen. Die winzigen Tiere überlebten das Experiment.

Der zugemüllte Mond

Der erste Mensch auf dem Mond war der Amerikaner Neil Armstrong. Er setzte am 20. Juli 1969 den ersten Schritt auf den Mond. Seitdem waren im Rahmen der Apollo-Missionen insgesamt 24 Menschen dort. Die Astronauten sind nicht nur mit vielen Erkenntnissen zurückgekehrt, sondern haben auch einiges auf dem Mond hinterlassen. Mehr als 200 Tonnen Müll schwirren dort umher: Rucksäcke, Beutel mit Erbrochenem und Urin, alte Stiefel sowie 70 Raumschiffe.

Wer Ruhe mag – ab ins All

Im gesamten Weltraum herrscht absolute Stille. Egal, wie laut Astronauten schreien – niemand kann sie hören. Es existieren ein paar Schallwellen und Vibrationen, aber diese sind für Menschen nicht wahrnehmbar. Der Weltraum ist insgesamt gesehen ein Vakuum, sodass dort der richtige Ort für jemandem zu sein scheint, der Ruhe liebt.

Kein Bock auf Anzug

Würde man sich im Weltraum ohne Schutzanzug aufhalten, würde das Blut zu kochen beginnen. Durch den Druckabfall im Vakuum sinkt die Siedetemperatur des Blutes auf Körpertemperatur. Dadurch beginnt das Blut förmlich an zu brodeln, die Blutgefäße verstopfen und der Kreislauf bricht zusammen. Ein Mensch würde im Vakuum des Weltraums gerade einmal 2 Minuten überleben.

Die unendlichen Weiten des Universums

Es befinden sich mehr Sterne im Universum als Sandkörner auf der Erde. Wissenschaftler gehen davon aus, dass es zehnmal so viele Sterne gibt wie Sandkörner auf unserem Planeten. Wie viele Sterne es wirklich sind, lässt sich nicht genau feststellen. Derzeit können Wissenschaftler die Größe des Universums nicht exakt bestimmen. Die Anzahl der Sterne wird jedoch auf eine Quadrillion geschätzt.

Ein Fußabdruck für die Ewigkeit

Da auf dem Mond keine Erosion durch Wasser oder Wind passiert, bleiben Fußabdrücke und andere Spuren für immer erhalten. Die Hinterlassenschaften durch Mondlandungen sind demnach auf ewig sichtbar. Nur ein Meteorit könnte die Spuren verwischen. Ein Meteoriteneinschlag ist gar nicht so unwahrscheinlich, wie viele annehmen. Vor Milliarden Jahren war der Mond von einem gigantischen Einschlag betroffen.

Die Galaxie mit dem besonderen Hut

Es gibt eine Galaxie namens Sombrero Galaxy, die aufgrund ihrer Ähnlichkeit mit einem mexikanischen Hut benannt wurde. Es scheint so, als hätte die Galaxie einen breiten Hut aus Sternen auf. Sombrero Galaxy ist eine Spiralgalaxie und befindet sich ungefähr 28 Millionen Lichtjahre von der Erde entfernt. Für eine Urlaubsreise scheint das ein bisschen zu weit weg zu sein. Astronomen schätzen, dass sie ungefähr die gleiche Größe wie unsere Milchstraße hat und ungefähr eine Billion Sterne enthält.

Attraktiver Name, schreckliche Umgebung

Auf dem Planeten Venus existiert genug Schwefelsäure in den Wolken, um einen Stahlblock zu schmelzen. Die Atmosphäre besteht hauptsächlich aus Kohlendioxid und Schwefelsäure, was sie zu einem der extremsten Orte im Sonnensystem macht. Die durchschnittliche Oberflächentemperatur beträgt etwa 460 Grad Celsius und der Atmosphärendruck ist circa 90-mal höher als auf der Erde. Interessanterweise dreht sich Venus in entgegengesetzter Richtung zu allen anderen Planeten im Sonnensystem, was ein Rätsel für Wissenschaftler darstellt. Experten versuchen immer noch zu erforschen, wie und warum dies passiert.

Riesen verschlingen Riesen

Riesige Wandergalaxien driften durch den Weltraum und werden manchmal von anderen Galaxien "verschlungen". Diese Wandergalaxien bestehen aus Millionen von Sternen, die in der Dunkelheit des Weltraums treiben. Astronomen haben Galaxien beobachtet, die durch die Anziehungskraft von anderen Galaxien angezogen wurden und verschmolzen sind. Dieser Prozess kann zu spektakulären Kollisionen führen, bei denen sich Sterne, Gas und Staub vermischen und neue Sterne geboren werden. Das Erforschen dieser interessanten Galaxien kann uns helfen, die Geschichte und Evolution des Universums besser zu verstehen.

UMWELTSCHUTZ & KLIMAWANDEL

GRÜNE ZUKUNFT AUF BLAUEM PLANETEN

Das sauberste Land der Welt

Dänemark wurde als das sauberste Land der Welt klassifiziert. Die fortschrittliche Einstellung des Landes zur Umwelt ist Teil des täglichen Lebens. Ein Beispiel: Das hochmoderne CopenHill-Gebäude ist eine Müllverbrennungsanlage, die den Müll der Stadt in Wärme und Strom umwandelt. Gleichzeitig befindet sich eine künstliche Skipiste auf dem Dach, sodass sich viele Ski-Fans ganzjährig am Adrenalinrausch erfreuen.

Die fleißigen Bienchen

Bienen sichern unser Überleben, denn sie kümmern sich um die Grundlage unserer Nahrung. Insbesondere Bienen bestäuben ungefähr 80 Prozent der Pflanzen. Laut Naturschutzbund (NABU) könnte ein Verlust der Bienen zu Ernteeinbrüche um bis zu 90 Prozent führen. Dann wäre die Versorgung mit Vitaminen, Proteinen oder Eisen massiv gefährdet. Um die kleinen nützlichen Lebewesen zu schützen, können wir beispielsweise biologisch angebaute Lebensmittel kaufen, Wildblumen pflanzen oder eine Bienenpatenschaft übernehmen.

Die seufzenden Bäume

Sobald den holzigen Riesen Wasser fehlt, geben sie Geräusche von sich. Forscher fanden im Jahr 2012 heraus, dass die Gefäßwände Ultraschallwellen erzeugen. Wenn der Baum nicht ausreichend mit Wasser versorgt ist, versuchen die Kapillarkräfte dennoch, das Wasser entlang der Gefäße nach oben zu saugen. Infolgedessen bildet sich eine kleine Vakuumblase, die sich bald wieder mit gelöstem Wasser und Wasserdampf füllt. Solange nicht genug Wasser verfügbar ist, schwingen die Gefäßwände und erschaffen die mit einem empfindlichen Mikrofon hörbaren Töne.

Wenn sich Biomüll in Energie verwandelt

Aus Biomüll kann erneuerbare Energie entstehen. Beispielsweise werden in Biogasanlagen Brennstoffe produziert. Wie läuft das ab? Essensreste, Nutzpflanzen und andere Bioabfälle vergären in Biogasanlagen. Daraus entstehen Wärme und Energie. Somit entwickeln sich Abfallwirtschaftsbetriebe vom Entsorger zu Energielieferanten weiter. Dieses Verfahren leistet einen wertvollen Beitrag zum Klimaschutz.

Bunte Teppiche, schwarze Folgen

Meeresströmungen treiben Müll zu riesigen Abfallteppichen zusammen. Im nördlichen pazifischen Ozean liegt der größte Müllteppich: der Große pazifische Müllstrudel (GPGP). Dieser traurige Teppich ist dreimal so groß wie Frankreich. Ungefähr 1,8 Billionen Müllstücke schwimmen dort umher. Der Abfall im Großen pazifischen Müllstrudel wiegt mehr als 500 Flugzeuge. Im Laufe der Zeit sind moderne Verfahren zur Müllentfernung entstanden. Allerdings wird es aufgrund der gewaltigen Müllmasse sehr viel Zeit in Anspruch nehmen, die Meere vom unnatürlichen Ballast zu befreien.

Die Kleidung und das Meer

Ungefähr 35 Prozent der Meeresverschmutzung entsteht durch Kleidung. Im Durchschnitt spült jeder Haushalt pro Woche etwa eine Einkaufstüte voller Mikroplastik ins Abwasser. Das geschieht beim Waschen von Klamotten. Viele Kleidungsstücke bestehen aus Polyester und dieser Stoff ist nichts anderes als Plastik. Wenn du einen Beitrag zum Umweltschutz leisten möchtest, kannst du zum Beispiel Kleidung aus natürlichen Materialien wie Baumwolle kaufen. Wer die Waschmaschine weniger häufig anschmeißt, minimiert Plastikabfall.

Der goldene Eifelturm

In jedem Smartphone sowie Laptop befindet sich eine winzige Menge Gold. Wenn wir weiterhin so viele Geräte entsorgen wie in den letzten Jahren, könnte man im Jahr 2078 aus dem Gold einen zweiten Eifelturm bauen. Aktuell befinden sich sogar 200 Millionen ungenutzte Handys in deutschen Haushalten. Demzufolge lagern Deutsche insgesamt 4,8 Tonnen Gold.

Wenn Wolken auf Reisen gehen

Von flauschig bis bedrohlich – Wolken zeigen sich in unterschiedlichen Formen und Ausprägungen. Sie bedecken circa 70 Prozent unseres Planeten. Aufgrund der globalen Erwärmung bewegen sich Wolken rasch, verlassen die mittleren Breiten und wandern zu den Polen. Das bedeutet: Es bleiben weniger Wolken in den mittleren Breiten, wo die meisten Menschen leben. Aufgrund dessen besteht ein erhöhtes Risiko für Wetterextreme, beispielsweise in Form von brütend heißen Tagen und eiskalten Nächten.

Der heißeste Monat

Der Juli 2021 war weltweit der bisher heißeste Monat seit Beginn der Wetteraufzeichnungen. Das ergab eine Auswertung der National Oceanic and Atmospheric Administration (NOAA). NOAA ist eine US-amerikanische Regierungsbehörde, die sich um die Überwachung der Ozeane und der Atmosphäre kümmert. Bereits in den Jahren zuvor kratzte die Hitze immer wieder am Rekord. Der Temperaturrekord wird aufgrund des Klimawandels in den kommenden Jahren gewiss gebrochen werden.

Das energieschluckende Kartoffelstückchen

Mehr als 20 Prozent der Treibhausgasemissionen in Deutschland sind auf unsere Ernährung zurückzuführen. Dazu zählt der Anbau, die Verarbeitung, die Lagerung sowie der Transport von Lebensmitteln. Dabei produzieren tierische Produkte besonders viel Kohlenstoffdioxid (CO2). Überraschenderweise sind auch Tiefkühlpommes recht CO2-lastig. Der aufwendige Verarbeitungsprozess durch Trocknen, Frittieren und Tiefkühlen der Pommes ist verantwortlich für die intensive CO2-Bilanz. Auch der Transport und die Lagerung verbrauchen eine Menge Energie, da sich Tiefkühlpommes nur bei Kälte wohlfühlen.

Wer lacht, schützt die Umwelt

Einige Wissenschaftler haben herausgefunden, dass die CO_2-Emissionen durch die Atemluft, die beim Lachen freigesetzt wird, einen kleinen Beitrag zum Klimawandel leistet. Obwohl dieser Beitrag minimal ausfällt, ist es trotzdem schön zu wissen, dass wir durch unser Lachen etwas Gutes für die Umwelt tun.

Mehr Meer, mehr Insel

Einige Inseln im Pazifik haben sich aufgrund des steigenden Meeresspiegels verkleinert oder sind sogar ganz verschwunden. Trotzdem existieren auch einige Inseln, die an Größe zugenommen haben. Dies geschieht, wenn Sand und Kies aus dem Meer angespült werden und dabei neue Landmasse entsteht. So kann das Meer, das oft als Bedrohung für Inseln angesehen wird, tatsächlich auch zum Inselwachstum beitragen.

Die cleveren Bienchen

Bienen sind dazu in der Lage, den Geruch von Benzin sowie Diesel aus der Luft zu filtern und ihn als unappetitlich einzustufen. Diese Fähigkeit hilft den Tieren, sich von betroffenen Pflanzen fernzuhalten. Sie setzen ihre Sammelarbeit dort fort, wo keine Verschmutzungen zu erschnuppern sind. Es ist erstaunlich, wie die Natur eigene Mechanismen entwickelt hat, um sich vor den Auswirkungen der Umweltverschmutzung zu schützen.

Die 2 Seiten der Medaille

Jeder weiß, dass der Klimawandel viele negative Auswirkungen auf die Umwelt hat wie beispielsweise der Verlust von Lebensräumen und extreme Wetterereignisse. Dennoch gibt es auch ein paar positive Veränderungen, die der Klimawandel mit sich bringt. Wärmere Winter können laut Aussage einiger Forscher in bestimmten Regionen dazu führen, dass Bäume und Sträucher früher blühen und Vögel früher anreisen. Das Phänomen kann die Artenvielfalt erhöhen und für ein bunteres Ökosystem sorgen.

Gemeinsam statt einsam

Weltweit schließen sich immer mehr Menschen zusammen, um sich gemeinsam für den Klimaschutz einzusetzen. CO2-reduzierende Projekte unterstützen, Gemeinschaftsgärten bepflanzen oder einfach bewusster leben – es bestehen unzählige Möglichkeiten, wie jeder Einzelne einen Beitrag leisten kann. Dieses Netzwerk bringt nicht nur ein besseres Klima und eine nachhaltigere Zukunft hervor, sondern stärkt auch das Gemeinschaftsgefühl und die Solidarität. Zudem gibt es viele kreative Ansätze, um auf den Klimawandel aufmerksam zu machen. Dazu zählen beispielsweise Musikfestivals, die auf erneuerbare Energiequellen setzen. Ein weiterer einfallsreicher Ansatz sind Theateraufführungen, die den Klimawandel auf humorvolle Weise vermitteln.

Die schwimmenden Häuser

In den Niederlanden wurde eine Wohnsiedlung gebaut, die aus recycelten Schiffscontainern besteht und als eine der nachhaltigsten Wohnformen gilt. Die Bewohner nennen es liebevoll das „Schwimmende Dorf". Das ist ein Beispiel dafür, wie man Ressourcen sparen und gleichzeitig ein ungewöhnliches Zuhause erschaffen kann.

Aus alt mach neu

Recycling trägt dazu bei, Abfall zu reduzieren und gleichzeitig wertvolle Ressourcen zu schonen. Es wird geschätzt, dass durch das Wiederverwerten einer einzigen Aluminiumdose so viel Energie gespart wird, die man benötigt, um eine 60-Watt-Glühbirne für 20 Stunden brennen zu lassen. Aber abgesehen vom Nutzen ist Recycling auch eine besondere Kunstform, da es alte Gegenstände in einzigartige Unikate verwandelt.

Die tierischen Helfer

Eichhörnchen gelten als fleißige Gärtner des Waldes, indem sie Samen durch den Kot verbreiten. Dies trägt zur Vermehrung und Vielfalt von Bäumen und Pflanzen bei. So stärken die Tiere das ökologische Gleichgewicht im Wald. Zudem sind Eichhörnchen echte Akrobaten, denn sie hüpfen mit Leichtigkeit von Baum zu Baum. Eichhörnchen vergessen oft, wo sie ihre Nahrung verbuddelt haben. Nicht schön für das niedliche Wesen, aber ein guter Beitrag für die Pflanzenwelt. Indem sie Nüsse unbeabsichtigt vergessen, wachsen neue Bäume.

TIERE & PFLANZEN

VON HOCHBEGABTEN WÜRMERN UND ROBUSTEN RIESENPFLANZEN

Schwarz wie ein Huhn

Die indonesische Hühnerrasse Ayam Cemani weist eine genetische Besonderheit auf: Die gefiederten Tiere sind komplett schwarz. Nicht nur das Gefieder der Hühner ist tiefschwarz, sondern auch die Haut, Augen, Knochen und Krallen. Auch das Fleisch sowie das Blut sieht schwarz aus. Die dunkle Färbung lässt sich auf eine natürliche genetische Veranlagung zurückführen. Dadurch bilden die Ayam Cemani-Hühner mehr Farbpigmente als andere Rassen.

Ehrgeizige Ameisen auf Reisen

2002 wurde die größte Ameisenkolonie der Welt entdeckt. In der Kolonie leben mehrere Milliarden Tiere in vielen Millionen Nestern. Der Superstaat, der sich über 5.000 Kilometer erstreckt, befindet sich in Spanien. Die arbeitswütigen Ameisen haben viel Platz, um von der italienischen Riviera bis zum Nordwesten Spaniens zu krabbeln.

Hungrig wie eine Maus

Die Amerikanische Zwergspitzmaus sucht ständig nach Essbarem. Eigentlich ist das kleine Tierchen fast den ganzen Tag am Futtern. Die Maus nimmt ungefähr das Dreifache ihres eigenen Körpergewichts zu sich. Wenn die Maus länger als eine Stunde nichts frisst, kommt sie ins Wanken. Spätestens alle 30 Minuten braucht sie leckeren Nachschub, denn sonst droht der Tod.

Die toxische Assel

Die parasitäre Assel namens Cymothoa exigua ist der einzige bekannte Parasit, der ein ganzes Körperteil seines Wirts ersetzen kann. So geht das gierige Tierchen vor: Zuerst ernährt sich die Assel von der Zunge eines Fisches. Das reicht dem Parasiten nicht, denn nach einiger Zeit wird dieser zur Fischzunge. Demnach ersetzt der Parasit die Zunge und übernimmt freundlicherweise auch die Funktion des Körperteils.

Pipi, das nach Popcorn riecht

Wenn der Asiatische Marderbär uriniert, zieht ein nach Popcorn duftender Geruch durch die Lüfte. Der Urin des knuffigen Tieres enthält denselben Duftstoff wie Popcorn. Also solltest du im Kino lieber zweimal hinschauen, ob deine mampfenden Freunde oder ein Asiatischer Marderbär neben dir sitzt.

Im Wasser ins Traumland gleiten

Nilpferde sind in der Lage, unter Wasser zu schlafen. Dank eines angeborenen Reflexes treiben sie schlafend an die Oberfläche, um Luft zu schnappen. Danach tauchen sie wieder unter, ohne ein Auge zu öffnen. Der Schlaf wird durch das Auf- und Abtauchen nicht gestört.

Die grazile Krabbe

Die Japanische Riesenkrabbe ist die größte lebende Krebsart. Das langbeinige Tier kann eine Spannweite von mehr als 3 Metern erreichen. Dabei besitzt der Körper nur einen Durchmesser von circa 37 Zentimetern. Japanische Riesenkrabben schreiten auf der Suche nach Futter sehr langsam über den Meeresgrund. Da sie Allesfresser sind, nehmen die Krabben fast alles zu sich, was sich ihnen in den Weg stellt.

Der alte Jonathan

Die Schildkröte Jonathan wurde laut Aussage einiger Wissenschaftler im Jahr 1832 geboren. Er genießt sein langes Leben auf der Insel St. Helena im Südatlantik. Somit ist diese Riesenschildkröte das älteste lebende Reptil weltweit. Jonathan hat viele Bedrohungen überlebt, darunter eine Seuche, die viele andere Schildkröten auf der Insel getötet hat. Der Riese ist ein Symbol für die robuste und anpassungsfähige Natur dieser Tiere.

Die Ziege, die zweimal ausstarb

Wissenschaftlern gelang es im Jahr 2003, einen Klon der Bucardo-Wildziege zu erschaffen. Das war das erste Mal in der Geschichte der Erde, dass eine Spezies nach ihrer Ausrottung wiederauferstand. Leider war der Erfolg von kurzer Dauer, da der Klon nur 7 Minuten lebte. Demnach handelt es sich auch um die erste Spezies, die zweimal ausstarb.

Wenn Wachstum, dann richtig

Keine andere Pflanze weltweit wächst schneller als der Riesenbambus (Dendrocalamus giganteus). Steht der Bambus am richtigen Fleck, legt die Pflanze bis zu 70 Zentimeter am Tag zu. In unserem Land können wir uns nicht am Bambuswachstum erfreuen, da dieser nicht für eine Freilandpflanzung geeignet ist. Minusgrade sind nämlich große Feinde der Pflanze. In China, Japan, Taiwan und dem südlichen Teil Koreas fühlt sich die Pflanze am wohlsten.

Die größte Beere der Welt

Kürbisse können beachtliche Maße erreichen. Laut der botanischen Definition ist eine Beere eine Frucht, deren Kerne frei im Fruchtfleisch liegen. Demnach gehört der Kürbis dazu und ist somit die größte Beere der Welt. Auch Bananen oder Tomaten zählen zur Beeren-Familie. Aufgrund der ledrigen und harten Außenschicht spricht man beim Kürbis von einer Panzerbeere.

Von großen Blättern und riesigen Bäumen

Der höchste Baum der Welt ist eine Riesenmammutbuche namens Hyperion, gefunden im Redwood Nationalpark in Kalifornien. Er hat eine Höhe von 115,7 Metern. Das größte Blatt der Welt gehört zur Pflanzenart Riesenherzblatt (Victoria amazonica), die im Amazonasbecken in Südamerika vorkommt. Hierbei handelt es sich um eine Wasserpflanze, die in Teichen und Seen wächst. Ein einzelnes Blatt kann bis zu 3 Meter breit, 2 Meter lang und 11 Kilogramm schwer werden. Riesenherzblätter sind ein bemerkenswertes Beispiel für Evolution und Anpassung. Die widerstandsfähige Pflanze überlebt in einer feuchten und schwierigen Umgebung.

Insekten mit Frostschutzausstattung

Einige Insekten haben Frostschutzmittel im Blut. Dazu gehört der Zitronenfalter. Der bekannte Tagfalter übersteht harte Winter dank eines natürlichen Schutzmittels in seinem Blut: Glycerin. Des Weiteren wissen auch Marienkäfer, wie sie mit Minusgraden umgehen müssen. Den kleinen Glücksbringern macht Kälte nichts aus, weil sie mit dem Frostschutz im Blut gut geschützt sind.

Delfine als Retter in der Not

Mehrere Menschen berichten davon, dass sie von Delfinen beschützt und gerettet wurden. Dabei schwammen die Tiere um Menschen herum, um sie vor Haiangriffen zu bewahren. Die schwimmenden Retter hielten die Haie davon ab, sich dem Menschen zu nähern. Dieses Verhalten ist bemerkenswert, da Delfine als Beutetiere von Haien gelten. Die Delfine blieben so lange beim Schwimmer, bis dieser in Sicherheit war. Experten nehmen an, dass diese Handlungen auf die sozialen Fähigkeiten und starken Bindungen zu anderen Delfinen zurückzuführen sind.

Der größte Organismus der Welt

Der größte lebende Organismus weltweit ist ein Pilz namens Humongous Fungus, gefunden im US-amerikanischen Oregon. Dabei handelt es sich um einen Pilz, dessen unterirdisches Geflecht eine Fläche von über 89 Quadratkilometern einnimmt. Der Organismus wurde vor über 2.400 Jahren geboren und gedeiht weiter. Der Riesenpilz wächst langsam mit ungefähr 30 Zentimetern pro Jahr.

Der talentierte Wurm

Ein faszinierender Fakt über den bunten Spiralröhrenwurm (Nautilus): Er ist ein lebendes Fossil. Die Art hat sich seit mehr als 500 Millionen Jahren kaum verändert und gehört damit zu den ältesten noch existierenden Organismen. Außerdem besitzt der Nautilus ein spiralförmiges Gehäuse, das aus Kammern besteht. Je nach Bedarf kann der Wurm die Kammern mit Gas oder Flüssigkeit füllen, um zu tauchen oder zu schweben.

Von nuckelnden Elefanten und feinfühligen Kühen

Kühe können untereinander enge Freundschaften eingehen. Deshalb reagieren viele Kühe sensibel, wenn der beste Freund plötzlich weg ist. Babyelefanten nuckeln genauso an ihrem Rüssel, wie Menschenkinder am Daumen lutschen. Seepferdchen gehen lebenslange Beziehungen ein und das Männchen trägt die Eier aus. Erwachsene Grizzlybären fühlen sich in einer Höhle am wohlsten, die sich in der Nähe der Höhle ihrer Mutter befindet.

Die springfreudige Wüstenspringmaus

Die winzigen Mäuse können mit ihren kräftigen Hinterbeinen mehrere Meter weit und bis zu einem Meter hoch springen. Auf der Suche nach Nahrung legen sie durchschnittlich Strecken von bis zu 14 Kilometern zurück. Die Hauptverteidigungsstrategie der Mäuse besteht darin, ihren Feinden davonzulaufen. Dabei können sie 40 Kilometer pro Stunde erreichen.

Hai-Babys in rechteckigen Eiern

Das besondere an den Eiern des Kleingefleckten Katzenhai-Weibchens ist, dass sie plazentale Eier sind. Die Eier enthalten eine Art Plazenta, die den Embryonen Nährstoffe und Sauerstoff bereitstellt. So können die Winzlinge unabhängig von einer externen Wasserquelle überleben und wachsen. Das ist ein seltenes Phänomen unter Haien und zeigt die Anpassungsfähigkeit dieser Art. Noch ein einzigartiger Fakt: Die Eier sind mehr rechteckig als rund.

Wenn Helikopter Kirschen trocknen

Sobald es regnet, sammelt sich Wasser auf der Oberseite der Kirschen. Leider kann das zu einem großen Ernteausfall führen, weil Feuchtigkeit die Kirschen zum Platzen bringt. Deshalb lassen manche Kirschbauern ihre Früchte von Helikoptern trocken pusten. Allerdings ist diese Methode in Deutschland nicht so verbreitet wie in Australien und den USA.

Die strahlenden Bananen

Bananen sind in geringem Maße radioaktiv, da sie eine kleine Menge an radioaktiven Isotopen wie Krypton-85 und Cäsium-137 enthalten. Die Früchte enthalten jedoch so wenig Isotope, dass sie für den menschlichen Konsum vollkommen unbedenklich sind und keine gesundheitlichen Auswirkungen haben. Du müsstest 100.000.000 Bananen in sehr kurzer Zeit essen, um eine tödliche Dosis zu erreichen.

NATURWISSENSCHAFTEN & ENTDECKUNGEN

VERBLÜFFENDE EREIGNISSE AUS DER WELT DER WISSENSCHAFT

Klitzekleine Qualle mit unglaublichen Fähigkeiten

Unscheinbar und lautlos schwimmt sie im Meer vor den Küsten Italiens und Mallorcas umher. Dabei ist sie ein echter Star unter den Lebewesen. Die Qualle Turritopsis dohrnii erreicht nur eine Größe von wenigen Millimetern und bleibt ewig jung. Wie kann das sein? Zellen im Außenschirm der Qualle können zum Keim eines neuen Polypen werden, der mit der Meduse genetisch völlig identisch ist. Aus dem Polypen geht eine neue identische Meduse hervor. Damit durchläuft die winzige Qualle den Lebenszyklus immer wieder und ist theoretisch unsterblich.

Kopf an, Körper aus

Wenn wir stark nachdenken beziehungsweise eine geistige Aufgabe lösen, führt das meist zum Abbruch von körperlichen Aktivitäten. Wir bündeln demnach die ganze Energie für unsere Überlegungen, sodass der Körper eine Pause einlegt. Du kannst dieses Phänomen testen, indem du einen Freund beim Umherlaufen fragst, was das Ergebnis von 4859 + 875 ist. Mit hoher Wahrscheinlichkeit bleibt dein Freund plötzlich stehen, um die richtige Lösung zu finden.

Der Wissenschaftler, der die meisten Impfstoffe entwickelte

Maurice R. Hilleman war ein amerikanischer Mikrobiologe, der eine bedeutende Rolle bei der Entwicklung von Impfstoffen gegen Kinderkrankheiten gespielt hat. In seinem Leben entwickelte er insgesamt 40 Impfstoffe. Zu den wichtigsten Impfstoffen zählt der Schutz vor Masern, Mumps, Windpocken, Röteln, Hepatitis, Lungenentzündung und Hirnhautentzündung. Hilleman arbeitete unermüdlich daran, neue Methoden zu erschaffen, um Impfstoffe sicherer und wirksamer zu machen.

Der unerschrockene Wissenschaftler

2005 wurde Barry Marchall zusammen mit John Robin Warren für seine Forschung zu Helicobacter pylori-Bakterien mit dem Nobelpreis ausgezeichnet. Allerdings kam der Erfolg nicht über Nacht. Mehr als 30 Jahre zuvor gingen die meisten Mediziner davon aus, dass Stress die Hauptursache für Magengeschwüre darstellt. Damit gab sich Barry Marchall nicht zufrieden und er unternahm eine ungewöhnliche Maßnahme. Der ehrgeizige Forscher war der festen Überzeugung, dass nicht Stress, sondern Helicobacter pylori-Bakterien hauptsächlich Magengeschwüre verursachen würden. Im Jahr 1984 trank er im Selbstversuch ein Reagenzglas der Bakterien. Innerhalb kurzer Zeit erkrankte er an einer schweren Magenschleimhautentzündung. Dank Antibiotika wurde er gesund und hatte nun den Beweis für seine These.

Glück im Unglück

Der russische Forscher Anatoli Bugorski war im Jahr 1978 für einen kurzen Moment unachtsam. Ein Fehler geschah, der nicht hätte passieren dürfen. Während der Überprüfung hielt er seinen Kopf in einen Teilchenbeschleuniger. Leider lief die Maschine noch. Die magnetischen und elektrischen Felder, die im Teilchenbeschleuniger entstehen, sind für Menschen hochgefährlich. Mediziner gingen davon aus, dass Anatoli Bugorski nur noch ein paar Tage zu leben hatte. Er starb jedoch nicht und lebte seinen Forschungsdrang noch lange aus. Einige gesundheitliche Probleme blieben allerdings für immer: eine gelähmte Gesichtshälfte, Taubheit auf dem linken Ohr sowie Epilepsie.

Die Wahrheit über lange Nasen und kurze Beine

Der Pinocchio-Effekt beschreibt das Phänomen, dass unser Körper unbewusst Reaktionen zeigt, wenn wir lügen. Diese Reaktionen können Dinge wie Nervosität, veränderte Stimme oder auffällige Körpersprache sein. Beim Flunkern kann es zu erhöhter Durchblutung kommen und die Temperatur der Nase steigt. Die Nase wächst natürlich nicht so stark wie bei der Kinderbuchfigur Pinocchio. Dennoch vergrößert sich die Nase minimal aufgrund der Durchblutung. Das Sprichwort „Lügen haben kurze Beine" bedeutet jedoch nicht, dass der Körper beim Schwindeln schrumpft. Die Metapher steht dafür, dass man mit Lügen nicht weit kommt, denn jede Lüge fliegt früher oder später auf.

Ein unheimliches Zimmer

Zu Forschungszwecken entwickelten Wissenschaftler im US-Bundesstaat Minnesota einen besonderen Raum. Dieser Ort absorbiert sämtliche Schallwellen. Sobald man sich darin befindet, entsteht absolute Stille. Die Person hört sogar den eigenen Puls. Viele Menschen fühlen sich in dem Raum nicht wohl. Es kann sogar zu Halluzinationen und Angstzuständen kommen, wenn man zu lange in dem Zimmer verweilt.

Nobelpreise für Vater und Sohn

Der britische Physiker Joseph John Thompson erhielt im Jahr 1906 den Nobelpreis für seine Studien an Elektronen. Im Rahmen seiner Forschungsarbeit bewies er, dass Elektronen Partikel sind. Der Sohn schlüpfte in die Fußstapfen des Vaters und wurde ebenso Physiker. Auch George Paget Thomson arbeitete im Bereich der Elektronenstrahlung. 31 Jahre später hielt er ebenfalls den Nobelpreis für Physik in den Händen.

Der zielstrebige Student

Wenn wir ein Ziel anstreben und Träume verwirklichen wollen, bekommen wir manchmal Ratschläge, die uns am Erreichen hindern können. So geschah es auch im Leben von Max Planck. Der Wissenschaftler erhielt von seinem Professor Philipp von Jolly den Rat, lieber nicht in die Physik zu gehen. Der Professor teilte ihm mit, dass in der theoretischen Physik bereits fast alles entdeckt wurde. Planck hielt an seinem Ziel fest und blieb am Ball. Mit Erfolg, denn 1919 erhielt Max Planck den Nobelpreis für seine Entwicklung der Quantentheorie. Es lohnt sich, seinen Träumen und Zielen nachzugehen, auch wenn andere nicht daran glauben.

Schwanger, ohne schwanger zu sein

Wenn eine Frau Anzeichen einer Schwangerschaft zeigt, obwohl sie nicht schwanger ist, handelt es sich um eine Scheinschwangerschaft (Pseudocyesis). Hierbei erfährt die betroffene Frau Symptome wie Gewichtszunahme, Brustvergrößerung, Übelkeit, Müdigkeit und Menstruationsunterbrechung. Bei einigen Frauen wächst sogar der Bauch. Eine Scheinschwangerschaft kann aus verschiedenen Gründen auftreten. Zu den Ursachen zählen emotionaler Stress, körperliche Veränderungen im Alter oder Krankheiten. Die körperlichen Reaktionen einer Scheinschwangerschaft sind ein Beispiel dafür, wie groß der Einfluss der Psyche auf den Körper sein kann.

Der Schlauch, der das Herz rettet

Den ersten Herzkatheter-Eingriff der Welt führte der deutsche Arzt Werner Forßmann durch. Weil er keine Zustimmung bekam, den Versuch an Patienten zu testen, nahm er sich selbst als Versuchsperson. Er führte den Schlauch durch seinen Arm, bis dieser das Herz erreichte. Werner Forßmann ließ sich röntgen und belegte anhand des Bildes, dass seine Entdeckung wirklich funktionierte. Damals wurde er nach dem Selbstversuch vom Krankenhaus gekündigt. Sein Vorgesetzter war empört über dieses leichtsinnige und risikobehaftete Experiment. 27 Jahre später, im Jahr 1956, bekam er dafür den Nobelpreis für Medizin. Manches braucht eben Zeit und Geduld.

Das besondere Geschenk

James Watson ist ein US-amerikanischer Molekularbiologe, der zusammen mit Francis Crick und Maurice Wilkins die DNA-Struktur entdeckte. Dafür bekamen sie im Jahr 1962 den Nobelpreis. Aufgrund von finanziellen Schwierigkeiten verkaufte James Watson seinen hart erarbeiteten Nobelpreis. Dafür erhielt Watson 4,1 Millionen Dollar. Der Käufer wollte den Nobelpreis allerdings nicht behalten, sondern schenkte Watson den Preis wieder.

Wie eine explosive Erfindung in die Geschichte einging

Der schwedische Erfinder Alfred Nobel erfand das Dynamit. Damit häufte er viel Reichtum an. Am Ende seines Lebens verfasste er ein Testament, in dem er den Verbleib seines Vermögens regelte. Der Großteil seines Geldes floss nach seinem Tod in eine Stiftung. Von den Zinsen werden seit 1901 jedes Jahr Nobelpreise in den Bereichen Medizin, Physik, Chemie, Frieden, Literatur und Wirtschaftswissenschaften verliehen.

Wenig einfallsreich, dennoch berühmt

Als Wilhelm Röntgen eine neue Strahlenform entdeckte, war es ihm weniger wichtig, welche Bezeichnung diese bekommt. Es fiel ihm kein besserer Begriff ein als X-Strahlung. Auch wenn die Strahlung später den Namen Röntgenstrahlung erhielt, ist die ursprüngliche Bezeichnung im englischen Raum weiterhin als X-Radiation geläufig. Einfachheit hinterlässt oft mehr Wirkung als komplexe Beschreibungen.

Mit waghalsigen Experimenten zum Erfolg

John Paul Stapp liebte Herausforderungen und Extreme. Der amerikanische Arzt und Raketenforscher arbeiteten mit Leidenschaft daran, die Auswirkungen von Geschwindigkeit und Beschleunigung auf den menschlichen Körper zu untersuchen. Dafür unternahm er zahlreiche Selbstexperimente. Während eines Experiments 1954 beschleunigte er einen Raketenschlitten auf 1.017 Kilometer pro Stunde. Mit einem Ruck ließ er sich in 1,4 Sekunden vollständig abbremsen. Dabei hielt er das 46-fache der Erdanziehungskraft aus. Bis heute handelt es sich um die höchste Beschleunigung, der ein Mensch jemals standgehalten hat. Nach seinen Experimenten hatte Stapp keine dauerhaften Schäden oder Verletzungen. Er hat bis ins hohe Alter erfolgreich gearbeitet und einen großen Beitrag zur Verbesserung der Sicherheit für Flugzeug- und Raketenpassagiere geleistet.

Das verblüffende Wasserbuch

Das Drinkable Book ist zum einen mit Hinweisen versehen, wie man Wasser filtern kann. Zum anderen besteht es aus abtrennbaren Seiten mit integrierten Silber-Partikeln. Mithilfe der Seiten ist es möglich, schmutziges Wasser zu circa 99 Prozent zu reinigen. Jedes Buch besitzt so viele Seiten, dass ein Mensch 4 Jahre von dem gefilterten Wasser leben kann.

Viel Wasser und nichts zu trinken

Wenn man Salzwasser trinkt, wird man noch durstiger, da es den Körper dehydriert. Deshalb ist es möglich, auf dem Meer zu verdursten. Salzwasser zieht die Flüssigkeit aus den Zellen und macht das Meereswasser für Menschen ungenießbar. Um eine lange Bootsfahrt genießen zu können, muss immer eine ausreichende Menge Trinkwasser an Bord sein.

Heiß, heißer, am heißesten

Ein einziger Blitz kann bis zu 1 Milliarde Volt Elektrizität enthalten. Blitze treten auf, wenn elektrisch geladene Partikel in der Atmosphäre durch Reibung aufgeladen werden und sich entladen, indem sie einen Strom von Elektronen in die Erdoberfläche leiten. Blitze können Temperaturen von bis zu 30.000 Grad Celsius erreichen, was heißer ist als die Oberfläche der Sonne.

Der erste Flug mit dem Heißluftballon

1783 führten die Brüder Montgolfier ein Experiment durch, das die Welt verändern sollte. Sie bauten einen Heißluftballon und stiegen in die Lüfte, ohne zu wissen, ob sie jemals wieder sicher auf den Boden zurückkehren würden. Mit einer Höhe von 2.000 Metern und einer Strecke von 2 Kilometern war dies der erste erfolgreiche bemannte Heißluftballonflug der Geschichte. Dieses riskante Experiment legte den Grundstein für die moderne Luftfahrt.

TECHNIK & TECHNOLOGIEN

VON EXPLODIERENDEN AMPELN BIS INTELLIGENTEN SUPERMASCHINEN

Der König und die kabellose Verbindung

Bluetooth wurde nach dem dänischen König Harald Blåtand benannt. Harald Blåtand regierte im 10. Jahrhundert und war bekannt dafür, dass er die verschiedenen Stämme vereinte und zusammenarbeiten ließ. Genau das hatten die skandinavischen Konzerne Ericsson und Nokia wohl im Hinterkopf, als sie den Bluetooth-Standard 1998 ins Leben riefen. Das Bluetooth-Symbol, ein Kreuz zwischen zwei Runenbuchstaben, symbolisiert diese Vereinigung.

Kaum da und schon wieder weg

Im Jahr 1868 wurde in London die erste Lichtsignalanlage errichtet. Das geschah sogar 18 Jahre vor dem Bau des ersten Automobils. Damit die roten und grünen Signale auch nachts zu sehen waren, wurde die Ampelanlage mit Gas betrieben. Gas explodierte schnell und nachdem sich ein Polizist Verletzungen zugezogen hatte, baute man die Anlage wieder ab. Das blieb auch die nächsten 50 Jahre so, denn erst viele Jahrzehnte später folgten neue Anlagen.

Uhren, die nie Fehler machen

Eine Atomuhr geht erst nach 5 Milliarden Jahren falsch. Die Abweichung beträgt nach dieser Zeit lediglich eine Sekunde. Atomuhren stehen weltweit in verschiedenen Orten. Die meisten Uhren befinden sich in nationalen Laboren, die sich mit Zeit- und Frequenzstandards beschäftigen. Auch in GPS-Satelliten sind häufig Atomuhren eingebaut, um eine präzise Zeit sowie die genaue Position ermitteln zu können. Entwickelt wurde die genaueste Uhr der Welt von Wissenschaftlern des US-amerikanischen National Institute of Standards and Technology (NIST) der Universität Colorado.

Wenn Technik Angst auslöst

Menschen können unterschiedliche Ängste haben. Dazu zählt beispielsweise Höhenangst. Auch Krabbeltiere jagen vielen Menschen einen großen Schrecken ein. Manche entwickeln Ängste, wenn sie in Kontakt mit technischen Geräten kommen. Das nennen Fachleute Technophobie. Es gibt auch die Nomophobie. Dahinter verbirgt sich die Angst, ohne Handy zu sein. Wer an Cyberphobie leidet, bekommt Panik vor Computern.

Der superschwere Supercomputer

Der erste Supercomputer aus dem Jahr 1956 wog über eine Tonne. Dieses riesige Ding stammt vom Unternehmen IBM. Der Gigant war mit einer Festplatte ausgestattet, die Daten von 5 Megabyte (MB) speichern konnte. Zum Vergleich: Heutzutage haben Smartphones eine Speicherkapazität von mindestens 64 Gigabyte (GB) – das entspricht ungefähr 65.000 MB. Einfach erstaunlich, wie sich die Technologien weiterentwickeln. Außerdem wiegen die Smartphones auch weniger als der Supergigant aus dem Jahr 1956.

Es rollt und rollt und rollt

Irving Gordon aus den USA legte mit seinem Volvo P1800 (Baujahr 1966) fast 5 Millionen Kilometer zurück. Das entspricht mehr als 100 Erdumrundungen. Somit ist der alte Volvo das Auto mit den meisten gefahrenen Kilometern. Natürlich hat das robuste Fahrzeug einiges an Material verbraucht. Unter anderem wechselte der Besitzer rund 800 Ölfilter, 400 Zündkerzen und 2 Motoren.

Technologien rennen in die Welt

Es hat fast 40 Jahre gedauert, bis das Radio eine Hörerschaft von 50 Millionen erreicht hat. Das Fernsehen hat im Vergleich dazu nur 13 Jahre gebraucht. Die Zeit bleibt niemals stehen und nichts ist so beständig wie die Veränderung. Deshalb macht die Technologie Riesensprünge und entwickelt sich im rasanten Tempo weiter. Da Technologien immer zugänglicher und erschwinglicher werden, vergrößert sich die Reichweite enorm. Ein Beispiel: Der Apple iPod brauchte nur 3 Jahre und das Internet 4 Jahre, um bei Millionen von Menschen Anklang zu finden.

Das eigenartige Buchstabengewimmel

Die Tastaturanordnung, die heute als QWERTY-Anordnung bekannt ist, wurde ursprünglich entwickelt, um die Schreibmaschine zu optimieren. Die ersten Schreibmaschinen hatten nur eine begrenzte Anzahl von Tasten. Die Tasten hingen ständig fest, wenn man sie zu schnell betätigte. Um dieses Problem zu lösen, wurden die Tasten so angeordnet, dass häufig verwendete Buchstaben weit voneinander entfernt lagen. Dadurch verhinderte man die Blockierung der Tasten. Mit der Zeit wurde die QWERTY-Anordnung zur Standard-Tastaturanordnung für Schreibmaschinen. Später erhielten auch Computer die bewährte Buchstabenreihenfolge.

Die erste Computermaus

1964 erblickte die erste Computermaus das Licht der Welt. Das erste Exemplar sah nicht so modern aus wie die heutigen Mäuse, denn das Holzgehäuse wirkte plump und war schwer. Die Computermaus bekam ihre Bezeichnung, weil das Kabel wie ein Schwanz aussah. Douglas Engelbart, der für das Stanford Research Institute in Kalifornien arbeitete, erfand die heute so berühmte Maus.

Die Geburt der Computerviren

1968 betrieben die Brüder Basit Farroq Alvi und Amjad Farooq Alvi einen Computerladen in Pakistan. Sie wollten vermeiden, dass ihre Kunden illegale Software-Kopien anfertigen. Also machten sie sich an die Arbeit und programmierten den ersten Computervirus der Welt. Der Virus sollte keine Festplatten zunichtemachen, sondern lediglich betroffene Disketten infizieren. Bei einem Kopierversuch erhielten die Kunden eine Nachricht am Bildschirm. Die Info enthielt die Kontaktdaten der Brüder und den Hinweis, dass sich die Kunden bei Unklarheiten jederzeit im Geschäft melden können. Der erste Computervirus trug den Namen Brain.

Die erste Webcam der Welt

Die erste Webcam wurde 1991 von Mitarbeitern der Universität Cambridge entwickelt. Sie ärgerten sich, wenn der Kaffeedurst kam, aber die Kaffeekanne leer war. Um eine solche Situation zu vermeiden, tüftelten die Mitarbeiter fleißig herum. So entstand eine Webcam, die dreimal pro Minute ein Bild der Kaffeemaschine versandte. Auf dem Bild war erkennbar, ob die Kanne voll oder leer war. Richtig in Fahrt kam die beiläufige Entdeckung erst 2 Jahre später.

Künstliche Intelligenz in der Musikwelt

Es gibt tatsächlich Lied-Generatoren, die mithilfe von Künstlicher Intelligenz (KI) Lieder im Stil von bekannten Künstlern wie Adele oder Ed Sheeran erstellen. Bekannte KI-Generatoren sind zum Beispiel Amper Music, AIVA und Jukin Media's Music Riders. Der jeweilige Generator nutzt KI und maschinelles Lernen, um Musikstücke zu kreieren, die oft täuschend ähnlich zu denen von echten Künstlern klingen. Einige Fans sagen, dass die Lieder, die vom Generator erstellt werden, sogar besser sind als die echten Songs. Andere Musikliebhaber empfinden die Lieder als seelenlos. Künstliche Intelligenz kann menschliche Kreativität, Emotionen und besonderes Talent eben nicht ersetzen.

Medizinischer Fortschritt durch moderne Technologien

Künstliche Intelligenz (KI) ist mittlerweile in der Lage, medizinische Diagnosen zu stellen, die mit den Befunden von menschlichen Ärzten vergleichbar sind. In einigen Fällen lieferten KIs sogar treffendere Ergebnisse als Menschen. Ein Beispiel ist das Anwenden von KI zur Diagnose von Krebserkrankungen anhand von Bildern der Gewebeproben. Die Entwicklung zeigt, wie KI dazu beitragen kann, den Gesundheitssektor zu revolutionieren. Was KI jedoch niemals übernehmen kann: Menschlichkeit, Empathie und Fürsorge.

REKORDE & SPITZENLEISTUNGEN

BEEINDRUCKENDE GESCHICHTEN AUS ALLEN BEREICHEN

Zwillingsgeburtstag mit 97 Tagen Abstand

Die meisten Zwillinge werden gemeinsam beziehungsweise kurz nacheinander geboren. In Köln wurden allerdings Zwillinge namens Liana und Leonie geboren, deren Geburtstage 97 Tage auseinander liegen. Doch während Liana am 17. November 2018 Geburtstag hat, wurde Leonie erst am 22. Februar 2019 entbunden. Liana war eine Frühgeburt, während Leonie bis zur regulären Geburt im Bauch der Mutter blieb.

Das Lebewesen mit den meisten Haaren

Gegen Nässe und Kälte hilft eine dicke Fettschicht. Oder die Natur schenkt dem Lebewesen ein dickes Fell, um jederzeit quietschvergnügt durchs kalte Wasser gleiten zu können. Mutter Natur verschaffte den niedlichen Seeottern viele Haare, damit sie sich immer wohl in ihrer Haut fühlen. Auf dem Körper eines ausgewachsenen Seeotters wachsen im Schnitt 100 Millionen Haare, was sein Fell komplett wasserdicht macht. Der Fischotter ist somit das Tier mit den meisten Haaren. Auf einem Quadratzentimeter wachsen 50.000 Haare. Zum Vergleich: Der Mensch besitzt ungefähr 300 Haare pro Quadratzentimeter.

Der Fisch hat's eilig

Der schnellste Fisch weltweit ist der Segelfisch. Er schafft Spitzengeschwindigkeiten von bis zu 110 Kilometern pro Stunde und erreicht eine Größe von ungefähr 2,5 Metern. Mit dieser flotten Geschwindigkeit übertrifft er jeden Profi-Sprinter. Die schnellsten Menschen der Welt bringen es auf knapp 40 Kilometer pro Stunde.

Eminem und seine Wortakrobatik

Den Weltrekord für die meisten Wörter in einem Song hält der Rapper Eminem. Der Song „Rap God" enthält 1.560 Wörter bei einer Länge von 6 Minuten und 4 Sekunden. Demzufolge ergibt das 4,28 Wörter pro Sekunde. Bekommst du 4 Wörter pro Sekunde über die Lippen? Auch andere Künstler wie Busta Rhymes oder NoClue lieben es, möglichst viele Wörter aneinanderzureihen.

Weltrekord für den Besuch aller Länder in kürzester Zeit

Die 27-jährige US-Amerikanerin Cassandra De Pecol ist die erste Frau, die alle Länder der Welt bereist hat. Sie schaffte 196 Länder im Jahr 2017 in weniger als 19 Monaten. Außerdem hält Cassandra De Pecol damit auch den Weltrekord für den Besuch aller Länder der Welt in kürzester Zeit. Damit hat sich Cassandra einen Traum erfüllt. Nach jahrelanger Vorbereitung erreichte sie ihr Ziel.

Das längste Auto

Die meisten Autos sind um die 4 Meter lang. Das längste Auto der Welt übertrifft dieses Maß um das Vielfache, denn das Fahrzeug ist fast 31 Meter lang. Das Auto basiert auf einen Cadillac Eldorado von 1976. Der US-amerikanische Auto-Sammler Jay Ohrberg baute den Riesen in den 90er-Jahren um. Sein Wagen trägt den passenden Namen „The American Dream“. Die Limousine ist mit einem King-Size-Wasserbett, einem Swimmingpool sowie einem kleinen Helikopter-Landeplatz ausgestattet.

Der süße Rekord für Erdbeerfans

Ein norwegischer Eiscreme-Hersteller ergatterte mit einem mehr als 3 Meter hohen Erdbeer-Waffeleis einen leckeren Weltrekord. Dabei kam eine Waffel zum Einsatz, die mit einem Gewicht von fast einer Tonne nicht in die Hand passt. Ungefähr 1.080 Liter Eiscreme passte in die riesige Waffel hinein. Um das Eis von der Produktionsstätte bis zum Veranstaltungsort zu bringen, musste man einen Helikopter einsetzen. Nach dem Rekordergebnis gab es für alle Zuschauer eine große Portion Erdbeereis.

Die weltweit schmalste Straße

Diesen deutschen Weltrekord sehen einige Leute kritisch. Die schmale Straße sorgt für viel Gesprächsstoff, weil manche behaupten, dass die enge Straße nicht die Bezeichnung „Straße“ verdient hat. Die Spreuerhofstraße in Reutlingen (Baden-Württemberg) steht dennoch seit 2007 im Guinnessbuch der Rekorde. Die Gasse ist durchschnittlich 40 Zentimeter breit und 3,8 Meter lang.

Wenn Zahnstocher im Bart verweilen

Wer einen dichten Bart trägt, kann damit witzige Dinge anstellen: den Bart in Form einer Disney-Figur schneiden, Zöpfe flechten oder die Barthaare so lang wie möglich wachsen lassen. Oder man steckt Zahnstocher hinein. Der Amerikaner mit dem YouTube-Namen Beardpick schmückte seinen Bart mit 2.747 Zahnstochern und sicherte sich so den Weltrekord.

Hüften schwingen für Profis

Viele Menschen schaffen es nicht, nur einen Hula-Hoop-Reifen um die Hüfte zu schwingen. Die Australierin Marawa Ibrahim bricht immer wieder ihre eigenen Weltrekorde. Aktuell schafft sie es, 200 Hula-Hoop-Reifen gleichzeitig um ihre Hüften zu kreisen. Den aktuellen Rekord für die längste Zeit mit einem schwingenden Hula-Hoop-Reifen am Körper hält Jenny Doan mit 100 Stunden.

Zielsicher in den Korb

Bei diesem Weltrekord geht es darum, aus welcher Höhe ein Basketball im Korb landet. Der Australier Derek Herron reiste in die Schweiz, um einen erstaunlichen Rekord in Windeseile aufzustellen. An einem Stausee warf er den Ball aus 180 Metern Höhe in den Korb. Bereits nach dem 3. Versuch gehörte ihm der Weltrekord, sodass er danach viel Zeit zum Feiern des Erfolges hatte.

Bauchklatscher für Fortgeschrittene

Dieser Rekord ist gewiss nicht zum Nachahmen geeignet. Stuntman Darren Taylor liebt extreme Aktionen und stellt sich vielen körperlichen Herausforderungen. Deshalb war er von der Idee begeistert, einen Bauchklatscher von einem fast 12 Meter hohen Turm zu vollbringen. Das war ihm nicht genug, denn der Sprung sollte in einem nur 30 Zentimeter tiefen Pool enden. Zum Glück schaffte er den Rekord und landete unbeschadet sowie mit dem Bauch voran im Pool.

Weltrekord im Dauerknutschen

Jetzt wird's romantisch. Oder? Für die Weltrekordhalter war die Aktion alles andere als romantisch, sondern ziemlich anstrengend. Die Thailänder Ekkachai und Laksana Tiranarat küssten sich 58 Stunden, 35 Minuten und 58 Sekunden lang. Ohne Pause behielten sie ihre Lippen aufeinander und das im Stehen für mehr als 2 Tage. Unter Romantik verstehen die meisten doch etwas anderes.

Meister im Nichtatmen

Atmen ist für uns ein unverzichtbares Lebenselixier. Doch es gibt Menschen, die gerne für längere Zeit das Atmen einstellen. Der Spanier Aleix Segura schaffte es, ganze 24 Minuten unter Wasser zu bleiben. Das brachte dem mehrfachen Weltmeister im Apnoe-Tauchen einige Weltrekorde ein. Hinter dieser Leistung steckt jahrelanges Training. Außerdem inhaliert er vor dem Abtauchen puren Sauerstoff.

Die größten Teenager-Füße der Welt

Der Teenager mit den größten Füßen der Welt ist der Deutsche Lars Motza aus Hermsdorf. Er braucht gigantische Schuhe in Größe 57. Mit einer Fußlänge von 35,05 Zentimetern kamen seine riesigen Füße ins Guinnessbuch der Rekorde. Das Lars nicht wie jeder andere Teenager Schuhe kaufen kann, liegt auf der Hand. Alle Schuhe sind maßangefertigte Exemplare. Beim Treppenlaufen muss Lars besonders gut aufpassen, damit sein Fuß auch sicher auftritt.

Fahrradschlange auf Weltrekordniveau

Im Mai 2015 bildeten 1.448 Radfahrer im Rahmen des Projektes "Ich fahr mit Herz" eine superlange Schlange. Der Weltrekord wurde in Berlin auf dem Tempelhofer Feld aufgestellt. Mehr als 10.000 Besucher beobachteten das besondere Ereignis, bei dem am Ende eine 1.774 Meter lange Fahrradkette entstand.

Der größte Döner der Welt

Und wieder ein Berliner Weltrekord. Am 20. Oktober 2017 wurde mit einer mächtigen Dönertasche der weltweit größte Döner hergestellt. Mit einem Gewicht von 423,5 Kilogramm war der Einzug ins Guinnessbuch der Rekorde sicher. Das Essen landete danach im Bauch der über 400 Schaulustigen.

Leuchtende Drohnen am Himmel

2018 war die chinesische Stadt Xi'an Schauplatz eines beeindruckenden Events. 1.300 Drohnen befanden sich gleichzeitig in der Luft, sodass der Weltrekord für die meisten unbemannten Luftfahrzeuge am Himmel aufgestellt wurde. Als Highlight statteten die Drohnenbesitzer ihre Objekte mit zahlreichen Lichtelementen aus, mit denen sie eine farbenprächtige Show veranstalteten.

Der schnellste Flug in einem besonderen Anzug

Der britische Erfinder Richard Browning stellte 2019 den Weltrekord für den schnellsten Flug in einem körpernahen düsenbetriebenen Anzug auf. Dabei wirkte Browning wie Ironman, denn der Anzug mit Düsentriebwerk verlieh ihm Superkräfte. Er erreichte am Brighton Beach in East Sussex (Großbritannien) eine atemberaubende Geschwindigkeit von 136,891 Kilometern pro Stunde.

Superman für Kinder

John Cena, ein US-amerikanischer Schauspieler und Wrestler, hält den Rekord für die meisten erfüllten Wünsche der Make-A-Wish Foundation. Die Organisation setzt sich weltweit für schwerstkranke Kinder ein und erfüllt unentgeltlich Herzenswünsche. John Cena hat bisher mehr als 600 Kinder-Wünsche in die Tat umgesetzt.

Das beste Gedächtnis der Welt

Bevor der US-Amerikaner Kim Peek 2009 starb, war es ihm möglich, ein Buch in weniger als einer Stunde komplett zu lesen und sich dabei an jedes Detail zu erinnern. Hirnforscher nannten ihn liebevoll „Kimputer". Er konnte den Inhalt von über 12.000 Büchern Wort für Wort wiedergeben und war das Vorbild für Dustin Hoffmans Charakter im weltberühmten Film „Rain Man".

DANKESCHÖN

EINE REISE DURCH DIE WELT DER FAKTEN ENDET

Wie schnell doch die Zeit vergeht, wenn man interessante Dinge erfährt. Du bist am Ende des Buches angelangt. Von Musik bis Social Media, von Glück bis Erfolg, von Naturwissenschaften bis Technik – du hast in diesem besonderen Buch überraschende Fakten, sensationelle Ereignisse und witzige Momente erlebt.

Lieben Dank, dass du die wilde Reise durch sämtliche Zeitepochen und Themen unternommen hast. Was hat dich besonders beeindruckt? Welche Geschichten hast du vor Begeisterung sofort weitererzählt? Was hat deinen Wissensdurst zum weiteren Nachforschen angeregt? Wenn dich der Trip durch die bunte Welt der Fakten inspiriert hat, erkennst du vielleicht viele kleine Wunder in deinem Alltag.

Apropos Wunder: Danke Theo. Danke für deine kreativen Tipps, deine Geduld, dein Ermutigen. Ohne dein stetiges Nachfragen wäre dieses Büchlein noch immer in meinem Kopf, aber nicht auf Papier. Schön, dass es dich gibt.

TSCHÜSS

Impressum

Deutschsprachige Erstausgabe Mai 2023

Leona Jacobs
vertreten durch Katrin Schmidt
Am Michelsbach 37
99817 Eisenach
E-Mail: info@leona-jacobs.de
Herstellung und Druck: Amazon KDP Independently published